EX LIBRIS

ro
ro
ro

Jojo Moyes, geboren 1969, hat Journalistik studiert und für die «Sunday Morning Post» in Hongkong und den «Independent» in London gearbeitet. Sie lebt mit ihrem Mann und ihren drei Kindern auf einer Farm in Essex. Mit dem Roman «Ein ganzes halbes Jahr» gelang ihr international der Durchbruch. Auch die folgenden Romane, «Eine Handvoll Worte» und «Weit weg und ganz nah», waren große Erfolge. Alle drei stehen seit Erscheinen durchgängig auf der Bestsellerliste.

JOJO MOYES

Die Tage in Paris

Aus dem Englischen von
Karolina Fell

Mit Illustrationen von
Claire Rollet

Rowohlt Taschenbuch Verlag

Der Text erschien zuerst 2012 als E-Book-Ausgabe unter dem Titel «Honeymoon in Paris» bei Penguin Group, London.

Deutsche Erstausgabe
Veröffentlicht im Rowohlt Taschenbuch Verlag,
Reinbek bei Hamburg, Februar 2015

Redaktion Tobias Schumacher-Hernández
Einbandgestaltung any.way, Barbara Hanke / Cordula Schmidt
Coverillustration Daniela Terrazzini / The Artworks
Illustrationen im Innenteil Claire Rollet / www.illustratoren.de
Satz aus der DTL Dorian, InDesign,
bei Pinkuin Satz und Datentechnik, Berlin
Druck und Bindung GGP Media GmbH, Pößneck, Germany
ISBN 978 3 499 26790 1

DIE TAGE IN PARIS

Kapitel 1

Paris, 1998

Liv Halston klammert sich an das Geländer auf dem Eiffelturm, blickt durch die Rauten des Sicherheitsgitters auf Paris hinunter und fragt sich, ob schon jemals zuvor irgendwer so katastrophale Flitterwochen erlebt hat.

Um sie kreischen Touristen, zucken vor der Aussicht zurück oder lehnen sich demonstrativ an das Gitter, um sich von ihren Freunden fotografieren zu lassen, während ein ungerührter Wachmann sie im Blick behält. Von Westen her ziehen grollende Gewitterwolken heran. Livs Ohren sind in dem frischen Wind rosa geworden. Jemand wirft einen Papierflieger, und sie beobachtet ihn, wie er auf seinem Spiralkurs nach unten segelt, manchmal von einer Böe wieder emporgehoben, bis er zu klein ist und sie ihn aus den Augen verliert. Irgendwo da unten zwischen dem eleganten Boulevard Haussmann, den winzigen Innenhöfen, den klassischen Parkanlagen und den sanften Windungen der Seine ist ihr frischgebackener Ehemann. Der Ehemann, der sie nach zwei Tagen Hochzeitsreise darüber informiert hat, dass es ihm wirklich leidtue, er an diesem Vormittag aber einen Geschäftstermin wahrnehmen müsse. Irgendwo am Stadtrand. Nur für eine Stunde. Er wäre nicht lange weg. Das wäre doch okay für sie, oder nicht? Derselbe Ehemann, dem sie erklärt hatte, dass er, wenn er jetzt das Hotelzimmer verlasse, gleich ganz verschwinden könne und nicht zurückkommen müsse.

David hatte gedacht, sie würde einen Witz machen. Sie dagegen hatte gedacht, er würde einen Witz machen. Er musste beinahe lachen.

«Liv, diese Sache ist wichtig.»

«Genau wie unsere Flitterwochen», hatte sie zurückgegeben. Und wie sie sich angestarrt hatten; als hätten sie sich noch nie gesehen.

«Oje. Ich glaube, ich muss wieder runter.» Eine Amerikanerin mit hellbraunem Haar und einem riesigen Geldgürtel um die Taille verzieht das Gesicht, als sie sich an Liv vorbeischiebt. «Ich vertrage die Höhe nicht. Spüren Sie, wie es schwankt?»

«Das ist mir nicht aufgefallen», sagt Liv.

«Mein Mann ist genau wie Sie. Die Ruhe selbst. Er könnte den ganzen Tag hier oben stehen. Ich war schon mit den Nerven am Ende, als wir in diesen verdammten Aufzug gestiegen sind.» Sie schaut zu einem bärtigen Mann hinüber, der mit einem teuren Fotoapparat ein Bild nach dem anderen schießt, erschauert und hält sich am Geländer fest, als sie zum Aufzug zurückgeht.

Er ist braun gestrichen, der Eiffelturm, schokoladenbraun. Eine auffallend hässliche Farbe für eine so filigran wirkende Konstruktion. Liv dreht sich halb herum, um eine Bemerkung darüber zu David zu machen, bevor ihr wieder einfällt, dass er ja nicht da ist. Als er eine Woche Paris vorschlug, hat sie sich vom ersten Moment an vorgestellt, wie sie mit David hier oben stehen würde. Sie beide, eng umschlungen, vielleicht am Abend, wie sie auf die Stadt der Lichter schauen. Sie trunken vor Glück. Er mit dem Blick, mit dem er sie bei seinem Heiratsantrag angesehen hat. Und sie mit dem Gefühl, die glücklichste Frau auf der Welt zu sein.

Dann waren aus einer Woche fünf Tage geworden, weil er am Freitag in London ein Meeting hatte, das er auf keinen Fall verpassen durfte. Und jetzt schrumpften die fünf Tage weiter zusammen, weil es überraschend in Paris das nächste Meeting gegeben hatte, das er auf keinen Fall verpassen durfte. Und jetzt steht Liv zitternd in ihrem Sommerkleid da, das sie gekauft hat, weil die Farbe genau zu ihren Augen passt und sie gehofft hat, er würde es bemerken. Der Himmel hat sich zugezogen, und leichter Nieselregen setzt ein. Sie überlegt, ob sie sich ein Taxi zurück ins Hotel nehmen soll oder ob sie angesichts ihrer Laune nicht ebenso gut im Regen zurücklaufen kann. Sie reiht sich in die Schlange vor dem Aufzug ein.

«Lassen Sie Ihren auch hier oben?»

«Meinen was?»

Die Amerikanerin steht neben ihr. Sie lächelt und nickt in Richtung von Livs schimmerndem Ehering. «Ihren Mann.»

«Er … er ist nicht hier. Er … hat heute zu tun.»

«Oh, Sie sind geschäftlich hier? Wie großartig für Sie.

Er geht arbeiten, und Sie vergnügen sich mit Sightseeing.» Sie lacht. «Das haben Sie sehr gut eingefädelt, meine Liebe.»

Liv wirft einen letzten Blick auf die Champs-Élysées und fühlt sich, als hätte sie einen Stein im Magen.

«Ja», sagt sie. «Ich bin ein echter Glückspilz.»

Überstürzt heiraten ... ihre Freunde hatten sie gewarnt. Sie hatten es scherzhaft gemeint, aber nachdem sich Liv und David erst drei Monate und elf Tage kannten, als er ihr den Antrag machte, sah sie ein, dass da etwas Wahres dran war.

Sie hatte keine aufwendige Hochzeit gewollt; dass ihre Mutter nicht mehr dabei sein konnte, hätte wie eine dunkle Wolke über dem Fest gehangen. Also waren sie und David nach Italien durchgebrannt, nach Rom, wo sie bei einem dezenten und völlig überteuerten Designer in der Via Condotti ein weißes Kleid von der Stange gekauft und in der Kirche praktisch kein Wort von der Zeremonie verstanden hatte, bis ihr David den Ring über den Finger streifte. Davids Freund Carlo, der bei der Organisation geholfen und als Trauzeuge fungiert hatte, witzelte danach, sie habe soeben eingewilligt, sämtlichen weiteren Frauen, die sich David vielleicht irgendwann zulegen würde, mit Respekt, Gehorsam und Zustimmung zu begegnen. Sie hatte noch am nächsten Tag darüber gelacht. Sie wusste, dass es die richtige Entscheidung war. Sie hatte es von dem Moment an gewusst, in dem sie ihn kennenlernte. Sie wusste es sogar noch, als sie ihr Vater bei der Neuigkeit bekümmert angesehen und seine Stimmung augenblicklich hinter herzlichen Glückwünschen versteckt hatte und ihr schuldbewusst klargeworden war, dass, auch wenn sie selbst nie von einer rauschenden Hochzeit geträumt hatte, dies bei ihrem noch lebenden Elternteil sehr wohl der Fall gewesen sein konnte. Und sie wusste es, als sie ihre wenigen Besitztümer in Davids Wohnung brachte – die Glaskonstruktion auf dem Dach eines alten Zuckerspeichers an der Themse. Dieses Glashaus war eines der ersten Gebäude, die er entworfen und gebaut hatte. Jeden Morgen in den sechs Wochen zwischen ihrer Hochzeit und ihren Flitterwochen war sie in diesem Glashaus aufgewacht, nur von Himmel umgeben, hatte ihren schlafenden Ehemann angesehen und gewusst, dass sie die Richtigen füreinander waren. Manche Leidenschaften waren einfach zu übermächtig, um sie nicht auszuleben.

«Findest du nicht … ich weiß auch nicht … dass du noch ein bisschen zu jung dafür bist?» Jasmine enthaarte sich die Beine über der Küchenspüle. Liv saß auf dem Tisch, sah ihr zu und rauchte eine heimliche Zigarette. David mochte es nicht, wenn jemand rauchte. Sie hatte ihm erzählt, sie hätte vor einem Jahr damit aufgehört. «Also ich … ich sage das nicht zum Spaß, Liv. Du hast so eine Neigung, impulsive Sachen zu machen. Zum Beispiel, als du dir wegen einer Wette die Haare abgeschnitten hast. Oder als du deinen Job geschmissen hast, weil du eine Weltreise machen wolltest.»

«Als wäre ich die Einzige, die das jemals gemacht hat.»

«Du bist jedenfalls der einzige Mensch, den ich kenne, der beides an einem Tag gemacht hat. Ich weiß auch nicht,

Liv. Es ist einfach … es kommt mir alles ein bisschen zu schnell vor.»

«Ich weiß. Aber es fühlt sich richtig an. Wir sind so glücklich miteinander. Und ich kann mir einfach nicht vorstellen, dass er irgendetwas tut, was mich wütend oder traurig macht. Er ist einfach …», Liv blies einen Rauchring zu der Leuchtstoffröhre hinauf, «perfekt.»

«Na ja, er ist definitiv sehr nett. Ich fasse es nur nicht, dass ausgerechnet du heiraten willst. Du warst diejenige von uns, die immer geschworen hat, dass sie nicht heiraten würde.»

«Ich weiß.»

«Autsch. Verdammt, das tut weh.» Jasmine hatte den Wachsstreifen von ihrem Bein abgezogen und schnitt eine Grimasse. «Er hat allerdings eine verdammt gute Figur. Und das Haus klingt sagenhaft. Viel besser als dieses Loch hier.»

«Wenn ich neben ihm aufwache, komme ich mir vor wie in einer von diesen Hochglanzzeitschriften. Alles wirkt so total gesettlet. Ich habe kaum was von meinem eigenen Zeug hingebracht. Er hat Leinenbettwäsche, das muss man sich mal vorstellen. Echte Leinenbettwäsche.» Sie blies einen Rauchring weg. «Aus Leinen.»

«Ja, okay. Und wer wird diese Leinenbettwäsche irgendwann bügeln?»

«Ich nicht. Er hat eine Haushaltshilfe. Er sagt, solche Sachen erwartet er nicht von mir. Schätzungsweise hat er mitbekommen, dass ich als Hausfrau eine Null bin. Ehrlich gesagt, will er sogar, dass ich über eine Doktorarbeit nachdenke.»

«Eine Doktorarbeit?»

«Er sagt, ich bin zu klug, um nichts mit meinem Leben anzufangen.»

«Da sieht man mal, seit wann er dich kennt.» Jasmine drehte ihren Knöchel auf der Suche nach übrig gebliebenen Haaren. «Und? Wirst du es machen?»

«Ich weiß nicht. Es passiert gerade so viel, der Umzug, die Heirat und alles. Ich habe das Gefühl, dass ich erst mal die Hochzeit hinter mich bringen muss.»

«Du wirst eine Ehefrau.» Jasmine grinste sie hinterlistig an. «Oh mein Gott. Ein Frauchen.»

«Nicht. Davor fürchte ich mich selber ein bisschen.»

«Frauchen.»

«Hör auf!»

Also wiederholte es Jasmine natürlich so oft, bis Liv sie mit einem Geschirrhandtuch schlug.

Er ist im Hotel, als sie zurückkommt. Sie hat beschlossen, zu Fuß zu gehen, und es hat geschüttet, also ist sie vollkommen durchnässt, ihr Kleid klebt an ihren Beinen. Als sie zur Rezeption kommt, könnte sie schwören, dass ihr die Frau am Empfang den Blick zuwirft, den sie speziell für Frauen reserviert hat, deren Ehemänner während der Hochzeitsreise zu Geschäftsterminen gehen. David telefoniert, als sie das Zimmer betritt. Er dreht sich um, sieht sie an und beendet das Telefonat. «Wo warst du? Ich habe mir schon Sorgen gemacht.» Sie zieht die nasse Strickjacke von den Schultern und nimmt einen Kleiderbügel aus dem Schrank. «Ich war auf dem Eiffelturm.»

«Du bist ja vollkommen durchnässt. Ich lasse dir ein Bad ein.»

«Ich will mich nicht in die Badewanne legen.» Sie will sich in die Badewanne legen. Sie hat auf dem langen, elenden Fußmarsch ins Hotel an nichts anderes gedacht.

«Ich bestelle dir einen Tee.»

Als er das Telefon nimmt, um den Zimmerservice anzurufen, dreht sie sich um, geht ins Bad und zieht die Tür zu. Sie spürt den Blick, mit dem David ihr nachsieht, noch lange nachdem die Tür zu ist. Sie weiß nicht, warum sie so starrsinnig ist. Sie hatte sich vorgenommen, nett zu sein, wenn sie zurückkommt, um den Tag zu retten. Es war immerhin nur ein einziger Termin. Und sie hatte schließlich gewusst, wie er war, schon seit ihrer ersten Verabredung, bei der er mit ihr durch London gefahren war und ihr alles Mögliche über die modernen Stahl-Glas-Konstruktionen erzählt hatte, an denen sie vorbeigekommen waren.

Aber irgendetwas war passiert, als sie die Schwelle des Hotelzimmers überschritt. Sie hatte ihn am Telefon gesehen und augenblicklich gewusst, dass es um Geschäftliches ging. Und diese einfache Tatsache hatte ihren guten Willen untergraben. Du hast dir überhaupt keine Sorgen um mich gemacht, denkt sie ärgerlich. Du hast darüber gesprochen, wie dick das Glas für den Eingang des neuen Gebäudes sein muss oder ob die Dachverstrebungen den zusätzlichen Lüftungsschacht verkraften.

Sie lässt sich ein Bad ein, fügt teure Hotel-Badeperlen hinzu, und dann gleitet sie hinein und seufzt erleichtert, als sie in dem warmen Wasser liegt.

Ein paar Minuten später klopft David an die Tür und kommt herein.

«Tee», sagt er und stellt die Tasse auf den Rand der Marmorwanne.

«Danke.»

Sie wartet darauf, dass er wieder hinausgeht, aber er setzt sich auf den Toilettendeckel, beugt sich vor und betrachtet sie.

«Ich habe uns einen Tisch im La Coupole reserviert.»

«Für heute Abend?»

«Ja. Ich habe dir davon erzählt. Es ist die Brasserie mit den unglaublichen Wandgemälden von Künstlern, die …»

«David, ich bin wirklich müde. Ich bin unheimlich viel gelaufen. Ich will heute Abend lieber nicht mehr ausgehen.» Sie sieht ihn beim Sprechen nicht an.

«Ich bin nicht sicher, ob ich eine Reservierung für einen anderen Abend bekommen kann.»

«Tut mir leid. Ich will mir einfach etwas beim Zimmerservice bestellen und dann schlafen gehen.»

Warum machst du das?, schreit sie sich in Gedanken an. *Warum sabotierst du deine eigene Hochzeitsreise?*

«Hör mal. Es tut mir leid wegen heute, okay? Es ist nur, dass ich seit Monaten versucht habe, einen Termin mit den Goldsteins zu bekommen. Und dann hat sich herausgestellt, dass sie in Paris sind, und sie haben sich endlich bereit erklärt, sich meine Entwürfe anzusehen. Es geht um das Gebäude, von dem ich dir erzählt habe, Liv. Das große. Und ich glaube, die Entwürfe haben ihnen gefallen.»

Liv starrt auf ihre Zehen, die rosa und feucht glänzend

aus dem Wasser ragen. «Es freut mich, dass es gut gelaufen ist.»

Schweigen.

«Ich hasse das. Ich hasse es, dass du so unglücklich bist.»

Sie sieht ihn an, seine blauen Augen, sein Haar, das immer ein bisschen unordentlich wirkt, die Art, auf die er das Gesicht in die Hände stützt. Sie zögert einen Moment, dann streckt sie die Hand aus, und er nimmt sie.

«Achte einfach nicht auf mich. Ich habe mich dumm verhalten. Du hast recht. Ich weiß, wie wichtig dieses Projekt für dich ist.»

«Das ist es wirklich, Liv. Ich hätte dich aus keinem anderen Grund allein gelassen. Ich habe Monate auf diese Sache hingearbeitet. Jahre. Wenn ich das zustande bringe, steht die Geschäftspartnerschaft. Dann habe ich mir einen Ruf geschaffen.»

«Ich weiß. Hör mal, zieh die Reservierung nicht zurück. Wir gehen hin. Wenn ich gebadet habe, fühle ich mich bestimmt besser. Und wir können Pläne für morgen machen.»

Seine Finger schließen sich um ihre. Durch das Seifenwasser rutscht ihre Hand beinahe aus seinem Griff.

«Na ja … also Folgendes: Sie wollen, dass ich morgen ihren Projektmanager treffe.»

Liv erstarrt.

«Wie bitte?»

«Sie lassen ihn extra einfliegen. Sie wollen, dass ich zu ihnen in ihre Suite im Royal Monceau komme. Ich habe gedacht, du würdest vielleicht gern in das Spa dort gehen, während ich mit ihnen rede. Es soll sagenhaft sein.»

Sie sieht zu ihm auf.

«Ist das dein Ernst?»

«Ja. Ich habe gehört, dass es von der französischen *Vogue* zum besten ...»

«Ich rede nicht von dem blöden Spa.»

«Liv ... das bedeutet, dass sie richtig heiß darauf sind. Das muss ich ausnutzen.»

Als sie endlich etwas sagen kann, klingt ihre Stimme merkwürdig erstickt. «Fünf Tage. Unsere Hochzeitsreise ist ganze fünf Tage lang. Nicht mal eine Woche. Und du willst mir erzählen, dass sie mit dem nächsten Termin nicht noch zweiundsiebzig Stunden warten können?»

«Das sind die Goldsteins, Liv. So läuft das bei Milliardären. Man muss sich anpassen.»

Sie starrt ihre Füße an, die Pediküre, für die sie so viel Geld ausgegeben hat, und denkt daran, wie sie und die Frau im Kosmetikstudio gelacht haben, als sie sagte, ihre Füße sähen jetzt so richtig zum Anbeißen aus.

«Bitte geh raus, David.»

«Liv. Ich ...»

«Lass mich einfach allein.»

Sie sieht ihn nicht an, als er aufsteht. Nachdem er die Badezimmertür hinter sich zugezogen hat, schließt Liv die Augen und lässt sich ganz unter das warme Wasser gleiten, sodass sie nichts mehr hört.

Kapitel 2

Paris, 1912

Nicht die Bar Tripoli.»

«Doch, die Bar Tripoli.»

Für einen so großen Mann gelang es Édouard Lefèvre verblüffend gut, die Miene eines kleinen Jungen aufzusetzen, dem eine Strafe angedroht wurde. Er sah mit kläglichem Gesichtsausdruck auf mich hinunter und blies die Wangen auf. «Wirklich, Sophie … lass uns das heute Abend nicht machen. Lass uns irgendwo essen gehen. Lass uns einen Abend nicht ans Geld denken. Wir sind schließlich frisch verheiratet! Es ist immerhin unsere *lune de miel!*» Er machte eine wegwerfende Geste in Richtung der Bar. Ich griff nach der Handvoll Schuldscheine, die ich gefaltet und in meine Tasche gesteckt hatte. «Mein geliebter Gatte, wir können uns keinen Abend ohne Geldsorgen leisten. Wir haben nämlich kein Geld, um essen zu gehen. Keinen *Centime.*»

«Aber das Geld von der Galerie Duchamps …»

«Ist für die Miete draufgegangen. Du warst seit dem Sommer im Rückstand, weißt du noch?»

«Und das gesparte Geld in der Zuckerdose?»

«Haben wir vor zwei Tagen ausgegeben, als dir der Sinn danach stand, sämtliche Gäste im Ma Bourgogne zum Frühstück einzuladen.»

«Das war ein Hochzeitsfrühstück! Ich hatte das Bedürfnis, bei unserer Rückkehr nach Paris etwas Besonderes zu machen.» Er dachte einen Moment nach. «Das Geld in meiner blauen Hose?»

«Gestern Abend.»

Er klopfte seine Taschen ab, förderte aber nur seinen Tabaksbeutel zutage. Er wirkte so betrübt, dass ich beinahe lachen musste.

«*Courage*, Édouard. So schlimm wird es schon nicht werden. Wenn es dir lieber ist, gehe ich rein und bitte deine Freunde ganz höflich, ihre Schulden zu bezahlen. Du musst gar nichts damit zu tun haben. Und bei einer Frau wird es ihnen schwerer fallen, sich herauszureden.»

«Und dann gehen wir?»

«Und dann gehen wir.» Ich stellte mich auf die Zehenspitzen und küsste ihn auf die Wange. «Und wir besorgen uns etwas zum Essen.»

«Ich glaube, ich habe keinen Appetit mehr», murrte er. «Wenn ich über Geld reden muss, kriege ich Verstopfung.»

«Du wirst bestimmt wieder Appetit bekommen, Édouard.»

«Ich verstehe nicht, warum wir das jetzt machen müssen. Unsere *lune de miel* soll einen Monat dauern. Einen Monat lang nichts als Liebe! Ich habe eine meiner Kundinnen aus der feinen Gesellschaft gefragt, und sie weiß alles über solche Sachen. Ich bin sicher, dass ich noch irgendwo Geld in meiner … oh, warte mal, da ist Laure. Laure! Komm mal her, ich will dir meine Frau vorstellen!»

In den drei Wochen, seit ich Madame Édouard Lefèvre war, und, um der Wahrheit die Ehre zu geben, auch schon einige Monate davor, hatte ich festgestellt, dass die Schulden meines frischgebackenen Ehemannes sogar noch größer waren als seine künstlerische Begabung. Es gab keinen großzügigeren Menschen als Édouard, leider hatte er aber kaum die finanziellen Mittel, um sich diese Großzügigkeit zu erlauben. Er verkaufte seine Gemälde so problemlos, dass er von seinen Freunden an der Académie Matisse beneidet wurde, doch er verlangte selten etwas so Stilloses wie Geld dafür und gab sich stattdessen mit einem stetig wachsenden Stapel fleckiger Schuldscheine zufrieden. Infolgedessen konnten sich die Messieurs Duchamp, Bercy und Stiegler sowohl seine exquisite Kunst an den Wänden als auch das Essen in ihren Bäuchen leisten, während sich Édouard wochenlang von Brot, Käse und Schmalzfleisch ernährte.

Ich war entsetzt gewesen, als mir seine finanzielle Situation klarwurde. Nicht, weil er keine Ersparnisse hatte – als wir uns kennenlernten, wusste ich, dass Édouard nicht reich sein konnte –, sondern wegen der lässigen Gleichgültigkeit, mit der ihn seine sogenannten Freunde offenkundig behandelten. Sie versprachen ihm Geld, doch es kam nie. Sie ließen sich von ihm auf ein Glas einladen, genossen seine Gastfreundschaft und gaben kaum etwas zurück. Édouard war derjenige, der eine Runde für alle bestellte, etwas zu essen für die Damen, und der wollte, dass alle gemeinsam feierten – doch wenn es um die Rechnung ging, stand er mit einem Mal einsam und allein in der Bar. «Bei Freundschaft geht es nicht nur um Geld», hatte er gesagt, als wir seine Rückstände überprüft hatten.

«Das ist eine bewundernswerte Einstellung, mein Herz. Nur leider bringen uns solche Freundschaften kein Brot auf den Tisch.»

«Ich habe eine Geschäftsfrau geheiratet!», rief er stolz aus. In diesen ersten Tagen nach unserer Heirat hätte ich vermutlich auch verkünden können, ich wäre Furunkelstecherin, und er wäre immer noch stolz auf mich gewesen.

Ich hatte durch das Fenster der Bar Tripoli gespäht, weil ich feststellen wollte, wer da war. Als ich mich wieder umdrehte, unterhielt sich Édouard mit einer Frau. Das war nichts Ungewöhnliches; mein Mann kannte jeden im fünften und sechsten Arrondissement. Es war unmöglich, hundert Schritte mit ihm zu gehen, ohne dass er jemanden begrüßte, eine Zigarette verschenkte oder irgendwem seine besten Wünsche ausrichten ließ. «Sophie!», sagte er. «Komm her. Ich möchte dir Laure LeComte vorstellen.»

Ich zögerte eine Sekunde. Diese roten Wangen, diese Ballschuhe verrieten, dass es sich bei Laure LeComte um eine *fille de rue* handelte. Édouard hatte mir schon zu Beginn unserer Beziehung erzählt, dass ihm solche Frauen oft Modell saßen; sie waren ideal, sagte er, weil sie so unbefangen mit ihrem Körper umgingen. Vielleicht hätte ich schockiert sein sollen, weil er mich, seine Ehefrau, einer von ihnen vorstellen wollte. Aber ich hatte schnell

Bar Tripoli
CAFE
LAIT
BIERE
APERITIFS
CAFE
LAIT
CHOCOLAT
BIERE

festgestellt, dass sich Édouard wenig um Konventionen scherte. Ich wusste, dass er diese Frauen mochte, sie sogar respektierte, und ich wollte ihn nicht denken lassen, dass ich es anders hielt.

«Schön, Sie kennenzulernen, Mademoiselle», sagte ich. Ich streckte ihr meine Hand entgegen und benutzte die höfliche Anrede, um meinen Respekt zu zeigen. Ihre Finger waren so lächerlich weich, dass ich nachsehen musste, ob ich sie auch wirklich in der Hand hielt.

«Laure hat schon oft für mich Modell gesessen. Kannst du dich an das Bild mit der Frau auf dem blauen Sessel erinnern? Das du so besonders schön fandest? Das war Laure. Sie ist ein großartiges Modell.»

«Sie sind zu freundlich, Monsieur Lefèvre», sagte Laure.

Ich lächelte herzlich. «Natürlich erinnere ich mich an das Gemälde. Es ist ein wunderschönes Bild.»

Die Augenbrauen der Frau hoben sich um einen Millimeter. Später wurde mir klar, dass sie vermutlich sehr selten Komplimente von einer anderen Frau erhielt. «Ich finde, es ist ein seltsam majestätisches Werk.»

«Majestätisch. Sophie hat ganz recht. Genau so erscheinst du auf dem Gemälde», sagte Édouard.

Laures Blick wechselte zwischen uns, als wollte sie feststellen, ob ich mich über sie lustig machte.

«Auf dem ersten Bild, das mein Mann von mir gemalt hat, habe ich ausgesehen wie eine schreckliche alte Jungfer», sagte ich schnell, um ihr die Befangenheit zu nehmen. «So streng und verbissen. Ich glaube, Édouard hat gesagt, ich sehe aus wie eine hagere Vettel.»

«So etwas würde ich niemals sagen.»

«Aber gedacht hast du es.»

«Es war ein grässliches Bild», stimmte Édouard zu. «Aber der Fehler lag allein bei mir.» Er sah mich an. «Und inzwischen könnte ich selbst dann kein schlechtes Bild mehr von dir malen, wenn ich es wollte.»

Es war schwer, seinem Blick zu begegnen, ohne ein bisschen rot zu werden. Kurz herrschte Schweigen. Und ich sah weg.

«Meine Glückwünsche zu Ihrer Hochzeit, Madame Lefèvre. Sie können sich wirklich glücklich schätzen. Aber möglicherweise nicht so glücklich wie Ihr Mann.»

Sie nickte mir zu und danach Édouard, und dann hob sie ihre Röcke leicht von dem feuchten Trottoir und ging weiter.

«Wirf mir in der Öffentlichkeit nicht solche Blicke zu», rügte ich ihn, während wir ihr nachsahen.

«Das tue ich sogar mit Vorliebe», sagte er, zündete sich eine Zigarette an und wirkte lächerlich selbstzufrieden. «Du bekommst dann nämlich so eine reizende Gesichtsfarbe.»

Dann sah Édouard gegenüber im Tabac einen Mann, mit dem er sprechen wollte, also ließ ich ihn hinübergehen, betrat die Bar Tripoli und stellte mich ein paar Minuten an den Tresen, um Monsieur Dinan an seinem üblichen Platz in der Ecke zu beobachten. Ich bat um ein Glas Wasser und trank es, während ich ein paar Worte mit dem Barmann wechselte. Dann ging ich durch den Raum, begrüßte Monsieur Dinan und nahm dabei meinen Hut ab.

Er sah auf. Er brauchte ein paar Sekunden, bevor ihm

klarwurde, wer ich war. Ich vermutete, dass er mich nur an meinem Haar erkannte. «Ah, Mademoiselle. Wie geht es Ihnen? Es ist etwas kühl heute Abend, nicht wahr? Und Édouard? Geht es ihm gut?»

«Es geht ihm sehr gut, Monsieur, vielen Dank. Ich habe überlegt, ob Sie vielleicht zwei Minuten Zeit hätten, um eine Privatangelegenheit mit mir zu besprechen.»

Er warf einen Blick in die Runde. Die Frau rechts von ihm musterte ihn streng. Der Mann links von ihm unterhielt sich so angeregt mit einem Bekannten, dass er nichts mitbekam. «Ich glaube nicht, dass ich irgendwelche Privatangelegenheiten mit Ihnen zu besprechen hätte, Mademoiselle.» Beim Sprechen streifte er seine Begleiterin mit einem Seitenblick.

«Wie Sie wünschen, Monsieur. Dann unterhalten wir uns hier. Es ist keine komplizierte Sache, es geht nur um die Bezahlung für ein Gemälde. Édouard hat Ihnen ein besonders exzellentes Werk in Ölkreide verkauft – *Der Markt von Grenouille* –, für das Sie ihm», ich warf einen Blick auf meinen Zettel, «fünf Francs zugesagt haben. Er wäre Ihnen sehr verbunden, wenn Sie diesen Betrag nun entrichten würden.»

Die heitere Miene war wie weggeblasen. «Sind Sie Édouards Schuldeneintreiberin?»

«Ich glaube, diese Bezeichnung ist etwas zu drastisch, Monsieur. Ich bringe nur Édouards Finanzen in Ordnung. Und die besagte Rechnung ist, wie ich meine, nun schon sieben Monate alt.»

«Ich werde mich nicht hier vor meinen Freunden über Geldangelegenheiten unterhalten.» Er wandte sich von mir ab, ein Abbild äußerster Empörung. Aber damit hatte ich schon halb gerechnet.

«Dann, fürchte ich, Monsieur, bin ich gezwungen, so lange hier stehen zu bleiben, bis Sie bereit sind, sich darüber zu unterhalten.»

Inzwischen ruhten die Blicke der gesamten Tischrunde auf mir, aber ich wurde nicht einmal rot. Es war schwer, mich in Verlegenheit zu bringen. Ich war in einer Hotelbar in St. Péronne aufgewachsen; ab meinem zwölften Geburtstag hatte ich meinem Vater geholfen, Betrunkene auf die Straße zu setzen, ich hatte die Pissoirs im Herren-WC geputzt, ich hatte Sprüche gehört, die so derb waren, dass jede Hure errötet wäre. Die theatralische Missbilligung Monsieur Dinans konnte mich nicht einschüchtern.

«Nun, dann müssen Sie den ganzen Abend dableiben. Denn ich trage solche Summen nicht bei mir.»

«Entschuldigen Sie, Monsieur, aber ich habe eine Zeitlang am Tresen gestanden, bevor ich herübergekommen bin. Und ich konnte nicht anders, als zur Kenntnis zu nehmen, dass Ihre Brieftasche wohlgefüllt ist.»

Sein Begleiter begann zu lachen. «Ich schätze, sie weiß, wen sie vor sich hat, Dinan.»

Doch das schien ihn nur noch wütender zu machen.

«Für wen halten Sie sich? Für wen halten Sie sich, dass Sie mich derartig in Verlegenheit bringen? Dies geschieht bestimmt nicht auf Édouards Veranlassung. Er versteht etwas vom Wesen der Freundschaft unter Gentlemen. Er würde niemals so ungesittet hier hereinspazieren, Geld verlangen und einen Mann vor seinen Freunden in eine so unangenehme Situation bringen.» Er musterte mich mit zusammengekniffenen Augen. «Hah! … Jetzt weiß ich es … Sie sind die Verkäuferin. Édouards kleine Verkäuferin aus dem La Femme Marché. Da können Sie selbstverständlich nicht wissen, wie es in Édouards Kreisen zugeht. Sie sind ja vollkommen …», er spuckte die Worte beinahe aus, *«provinziell.»*

Er wusste, dass er mich damit verletzte. Ich spürte, wie mir die Röte in die Wangen stieg. «Das bin ich tatsächlich, Monsieur, sofern es mittlerweile als provinziell angesehen wird, täglich etwas zu essen auf dem Tisch haben zu wollen. Und sogar eine Verkäuferin kann erkennen, wenn Édouards Freunde sein großzügiges Wesen ausnutzen.»

«Ich habe ihm erklärt, dass ich ihn bezahlen werde.»

«Das war vor sieben Monaten.»

«Ich weiß gar nicht, warum ich überhaupt mit Ihnen rede. Seit wann sind Sie denn Édouards *chien méchant?*» Er sprühte vor Wut, und ich erstarrte kurz. Und dann hörte ich hinter mir Édouards Stimme, die sehr tief aus seiner Brust zu kommen schien. «Wie haben Sie meine Frau genannt?»

«Ihre *Frau?*»

Ich drehte mich um. Ich hatte Édouard noch nie so böse gesehen. «Sind Sie jetzt auch noch taub anstatt einfach nur unsympathisch, Dinan?»

«Sie haben diese Frau geheiratet? Diese sauertöpfische Verkäuferin?»

Édouards Faust schoss so schnell vor, dass ich sie kaum sah. Sie kam von irgendwo hinter meinem rechten Ohr und traf Dinan so heftig am Kinn, dass er kurz abhob, bevor er rückwärts durch den Raum taumelte. Er krachte in ein paar Stühle und warf, zu Boden stürzend, einen Tisch um. Seine Begleiterinnen schrien auf, als die Weinflasche zerschellte und ihnen Médoc auf die Kleidung spritzte.

Stille breitete sich in der Bar aus, der Geigenspieler brach mitten im Ton ab. Die Atmosphäre fühlte sich an wie elektrisch aufgeladen. Dinan blinzelte und versuchte sich aufzurappeln.

«Entschuldigen Sie sich bei meiner Frau. Sie ist ein Dutzend Ihresgleichen wert.» Édouards Stimme war nur noch ein Knurren.

Dinan spuckte etwas aus, möglicherweise einen Zahn. Er hob das Kinn, über das ein rotes Rinnsal lief, und murmelte so leise, dass ich dachte, nur ich könnte ihn hören: «*Putain.*»

Mit einem Aufschrei stürzte sich Édouard auf ihn. Dinans Freund warf sich von hinten auf Édouard, ließ Schläge auf seine Schultern, seinen Kopf und seinen breiten Rücken niederhageln. Sie zeigten so wenig Wirkung, als würde er von einer Fliege belästigt. Ich hörte nur Édouard: «Wie können Sie es wagen, meine Frau zu beleidigen?»

«*Frejus*, du Großmaul!» Als ich mich umdrehte, sah ich Michel LeDuc, der jemand anderem einen Hieb verpasste.

«*Arrêtez, Messieurs! Arrêtez-vous!*»

Mit einem Mal war in der Bar der Teufel los. Édouard richtete sich auf. Er schüttelte Dinans Freund von seinen Schultern ab wie einen Mantel und holte mit einem Stuhl aus. Ich fühlte mehr, als ich es hörte, wie das Holz auf den Rücken des Mannes traf. Flaschen flogen über unsere Köpfe. Frauen kreischten, Männer fluchten, Gäste flüchteten nach draußen, während Gassenbengel hereinströmten, um sich an der Schlägerei zu beteiligen. In dem Chaos witterte ich meine Chance. Ich beugte mich zu dem stöhnenden Dinan hinunter und zog ihm die Brieftasche aus dem Jackett. Ich nahm einen Fünf-Francs-Schein heraus und steckte an seiner Stelle einen handgeschriebenen Zettel hinein.

«Ich habe Ihnen eine Quittung ausgestellt», schrie ich ihm ins Ohr. «Die könnten Sie brauchen, falls Sie Édouards Gemälde irgendwann einmal verkaufen wollen. Allerdings wären Sie ehrlich gesagt ein Trottel, wenn Sie es tun.» Ich richtete mich wieder auf. «Édouard!», rief ich und sah mich nach ihm um. «Édouard!» Ich wusste nicht, ob er mich in dem ganzen Tumult überhaupt hörte.

Ich duckte mich, um einer durch die Luft fliegenden Flasche auszuweichen, und bahnte mir durch das Gedränge einen Weg zu ihm. Die Straßenmädchen standen lachend und johlend in einer Ecke. Der Wirt schrie händeringend, die Schlägerei breitete sich bis vor die Tür aus, Tische wurden umgeworfen. Es gab keinen einzigen Mann in der Bar, der sich nicht an der Prügelei beteiligte – stattdessen hatten sie sich allesamt mit solcher Begeisterung in die allgemeine Schlägerei gestürzt, dass ich mich fragte, ob sie den Streit überhaupt ernst nahmen.

«Édouard!»

Und dann entdeckte ich Monsieur Arnault in der Ecke neben dem Klavier. «Oh, Monsieur Arnault!», schrie ich, während ich mich zu ihm durchkämpfte und die Röcke raffte, um über Körper und umgefallene Stühle zu steigen. Er schob sich an einer Sitzbank entlang, offenkundig hoffte er, zur Tür entkommen zu können. «Zwei Kohlezeichnungen! Die Frauen im Park! Sie erinnern sich doch, oder?» Er sah zu mir herüber, und ich sagte überdeutlich: «Sie schulden Édouard das Geld für zwei Kohlezeichnungen.» Ich kauerte mich zusammen, schützte mit einer Hand meinen Kopf, zog mit der anderen die Schuldscheine aus der Tasche, blätterte sie durch und duckte mich vor einem Schuh. «Fünf Francs für beide, steht hier. Ja?»

Hinter uns schrie jemand auf, als ein Bierkrug das Fenster traf und die Scheibe zerschmetterte. Monsieur Arnault hatte die Augen vor Schreck weit aufgerissen. Er warf einen kurzen Blick an mir vorbei, dann tastete er in seiner Tasche nach seinem Portemonnaie. Eilig zerrte er die Geldscheine heraus. «Nehmen Sie!», zischte er, dann drückte er sich den Hut auf den Kopf und hastete zur Tür.

Nun hatten wir Geld. Elf – nein, zwölf Francs. Er hatte mir zwei Francs zu viel gegeben. Genug, um fürs Erste über die Runden zu kommen.

«Édouard!», rief ich wieder und ließ meinen Blick durch den Raum schweifen. Und da entdeckte ich ihn in der Ecke. Gerade holte ein Mann mit einem fuchsroten Schnurrbart, den Édouard an den Schultern gepackt hielt, hilflos nach ihm aus. Ich legte ihm die Hand auf den Arm. Mein Mann sah mich einen Moment so verständnislos an, als hätte er vergessen, dass ich überhaupt da war. «Ich habe das Geld. Wir sollten gehen.»

Er schien mich nicht zu hören.

«Wirklich», sagte ich. «Wir sollten jetzt gehen.» Er ließ den Mann los, der an der Wand hinabglitt, und tastete in seinem Mund herum. Dann murmelte er etwas von einem abgebrochenen Zahn. Ich hielt ihn jetzt am Ärmel fest und zog ihn zur Tür; meine Ohren dröhnten von all dem Lärm, ich kämpfte mich zwischen den Männern durch, die von draußen hereingekommen waren. Ich glaubte nicht, dass sie die geringste Ahnung davon hatten, worum es bei dem Streit überhaupt ging.

«Sophie!» Édouard zog mich heftig zurück, und ein Stuhl flog in einem großen Bogen knapp an meinem Gesicht vorbei, nah genug, dass ich den Luftzug auf der Haut spürte. Ich fluchte vor Schreck, dann errötete ich, weil Édouard mich gehört hatte.

Und dann waren wir draußen in der Abendluft, Gaffer standen vor der Bar, schirmten mit den Händen das Licht ab und spähten durch die Fenster auf den Tumult im Inneren. In unseren Ohren hallten Rufe und das Geräusch splitternden Glases. Ich blieb bei den verlassenen Tischen vor der Bar stehen, zupfte ein paar Glassplitter von meiner Kleidung und strich meine Röcke glatt. Auf einem Stuhl saß ein Mann mit einer blutigen Schramme und hielt sich mit einer Hand das Ohr, während er in der anderen eine Zigarette hatte, die er in aller Seelenruhe rauchte.

«Meinst du, wir sollen nach Hause gehen?», sagte ich, zog meine Jacke gerade und schaute zum Himmel hinauf. «Ich glaube, es könnte wieder anfangen zu regnen.»

Mein Mann rückte sich den Kragen zurecht, fuhr sich mit der Hand durchs Haar und atmete kurz und heftig aus. «Ja. Ich glaube, ich könnte jetzt etwas zu essen vertragen.»

«Ich muss mich entschuldigen, weil ich geflucht habe. Das war nicht sehr damenhaft.»

Er tätschelte meine Hand. «Ich habe nicht das Geringste gehört.»

Ich hob die Hand, um ihm einen Holzsplitter von der Mantelschulter zu streifen. Ich küsste ihn. Und Arm in Arm gingen wir zügig Richtung Panthéon, während die schrillen Alarmglocken der Gendarmeriewagen durch die Gassen von Paris hallten.

Ich war zwei Jahre zuvor nach Paris gezogen und hatte in einer der Unterkünfte hinter der Rue Beaumarchais gewohnt, wie alle Verkäuferinnen, die im La Femme Marché arbeiteten. An dem Tag, an dem ich auszog, um zu heiraten, hatten sich alle meine Kolleginnen auf dem Korridor aufgereiht und jubelnd mit Holzlöffeln auf Kasserollen geschlagen.

Wir hatten in St. Péronne geheiratet. Mein Vater lebte nicht mehr, also hatte mich Jean-Michel, der Mann meiner Schwester, zum Altar geführt. Édouard verhielt sich charmant und großherzig, aber ich wusste, wie erleichtert er war, der nordfranzösischen Provinz bald wieder entkommen und nach Paris zurückkehren zu können.

Ich kann gar nicht beschreiben, wie glücklich ich war. Ich hatte nicht damit gerechnet, jemals der großen Liebe zu begegnen, vom Heiraten ganz zu schweigen. Und ich würde so etwas niemals öffentlich zugeben, aber ich hatte mich so leidenschaftlich in Édouard Lefèvre verliebt, dass ich selbst dann mit ihm zusammengeblieben wäre, wenn er mich nicht hätte heiraten wollen. Und er hatte tatsächlich so wenig für gesellschaftliche Konventionen übrig, dass ich vermutet hatte, eine Heirat wäre das Letzte, wonach ihm der Sinn stand.

Aber dann machte er mir einen Antrag.

Wir waren knapp drei Monate zusammen, als eines Nachmittags Hans Lipmann in Édouards Atelier kam (ich war gerade mit Waschen beschäftigt, weil Édouard vergessen hatte, Geld für die Waschfrau beiseitezulegen). Monsieur Lipmann war so etwas wie ein Dandy, und ich war ein bisschen verlegen, weil er mich in meinem einfachen Alltagskleid sehen würde. Er ging durch das Atelier, bewunderte Édouards jüngste Arbeiten und blieb dann vor dem Gemälde stehen, das Édouard am Abend des 14. Juli, des Nationalfeiertags, von mir gemalt hatte, des Tags, an dem Édouard und ich zum ersten Mal unsere Gefühle füreinander ausgesprochen hatten. Ich blieb im Badezimmer, schrubbte Édouards Kragen und versuchte, die Tatsache nicht peinlich zu finden, dass Lipmann ein Bild von mir in Unterwäsche betrachtete. Ihre Stimmen senkten sich für eine Weile, ich konnte nicht mehr hören, was sie sagten, und schließlich überwältigte mich die Neugier. Ich trocknete mir die Hände ab und ging in das Atelier hinüber, wo die beiden gerade eine Serie Skizzen anschauten, für die ich Édouard an dem großen Fenster Modell gesessen hatte, und Monsieur Lipmann drehte sich um und fragte nach einer flüchtigen Begrüßung, ob ich auch ihm Modell sitzen würde. Vollständig bekleidet, selbstverständlich. Es sei etwas Faszinierendes an der Form meines Gesichts, sagte er, und an meinem blassen Teint. Da sei Édouard doch bestimmt seiner Meinung, sagte er. Das müsse er doch – denn schließlich habe er es selbst erkannt. Lipmann lachte.

Édouard lachte nicht.

Ich wollte gerade zustimmen (ich mochte Lipmann, er

war einer der wenigen Künstler, die mich als einen gleichwertigen Menschen behandelten), doch dann sah ich, dass Édouards Lächeln etwas angespannt wirkte.

«Nein. Ich fürchte, Mademoiselle Bessette ist zu beschäftigt.»

Darauf folgte ein kurzes, unbehagliches Schweigen. Lipmann sah uns amüsiert an.

«Also wirklich, Édouard, wir haben uns doch schon früher die Modelle geteilt. Ich hätte eher gedacht, dass ...»

«Nein.»

Lipmann sah kurz auf seine Füße hinunter. «Wenn du meinst, Édouard. Es war mir ein Vergnügen, Sie kennenzulernen, Mademoiselle.» Er verabschiedete sich von mir, indem er die Hand an seine Hutkrempe legte, und ging. Édouard sagte ihm nicht auf Wiedersehen.

«Du bist wirklich komisch», sagte ich später zu ihm. Er saß in der Badewanne, und ich kniete auf einem Kissen hinter ihm und wusch ihm die Haare. Er war den ganzen Nachmittag sehr schweigsam gewesen. «Du weißt doch, dass ich nur Augen für dich habe. Ich hätte bei Monsieur Lipmann eine Nonnentracht getragen, wenn du das gewollt hättest.» Ich goss langsam einen Krug Wasser über seinen Hinterkopf und beobachtete, wie der Seifenschaum aus dem Haar lief. «Davon abgesehen ist er verheiratet. Noch dazu glücklich. *Und* er ist ein Ehrenmann.»

Édouard blieb schweigsam. Doch dann drehte er sich unvermittelt um, sodass das Wasser aus der Wanne schwappte.

«Ich muss wissen, dass ich dich für mich allein habe»,

sagte er, und sein Gesichtsausdruck war so ängstlich, so elend, dass es mir einen Moment lang die Sprache verschlug.

«Aber natürlich hast du mich für dich allein, du Dummkopf.» Ich nahm sein Gesicht zwischen meine Hände und küsste ihn. Seine Haut war feucht. «Du hattest mich seit dem Moment für dich allein, in dem du zum ersten Mal ins La Femme Marché gekommen bist und danach lächerlicherweise fünfzehn Halstücher gekauft hast, weil du mich unbedingt wiedersehen wolltest.» Ich küsste ihn erneut. «Du hattest mich von dem Moment an für dich allein, in dem du der Mistinguett erzählt hast, ich hätte die schönsten Fesseln von ganz Paris, nachdem sie mich wegen meiner Holzpantinen beleidigen wollte.»

Wieder küsste ich ihn. Er schloss die Augen. «Ich habe dir von dem Moment an allein gehört, in dem du mit mir geschlafen hast und mir klarwurde, dass mich kein anderer jemals so ansehen würde, wie du es getan hast. Als wäre ich viel großartiger, als ich mich selbst fühle.»

Ich nahm ein Handtuch und trocknete sanft sein Gesicht ab. «Siehst du? Es gibt nichts, vor dem du dich fürchten müsstest. Du hast mich ganz für dich allein, Édouard, mit Haut und Haar. Ich verstehe nicht, wie du daran zweifeln kannst.»

Er sah mich an. Und in seinen braunen Augen stand eine merkwürdige Entschlossenheit.

«Heirate mich», sagte er.

«Aber du hast doch immer gesagt …»

«Morgen. Nächste Woche. So bald wie möglich.»

«Aber du …»

«Heirate mich, Sophie.»

Also heiratete ich ihn. Ich konnte Édouard nie etwas abschlagen.

An dem Morgen nach der Schlägerei schlief ich lange. Wir waren durch unseren unverhofften Reichtum leichtsinnig geworden, hatten zu viel gegessen und getrunken und waren bis in die frühen Morgenstunden wach geblieben, hatten uns einander hingegeben und den Lachanfällen, die uns bei der Erinnerung an Dinans empörte Reaktion überkamen. Schläfrig hob ich den Kopf vom Kissen. Das Wechselgeld, das auf dem Tisch gelegen hatte, war nicht mehr da. Anscheinend war Édouard losgegangen, um Brot zu kaufen. Schwach drang der Ton seiner Stimme von der Straße zu mir herauf, und die Erinnerungen an den Abend zerliefen in meinem Kopf zu einem glücklichen Wohlgefühl. Dann, als er noch immer nicht heraufkam, schlüpfte ich in meinen Morgenmantel und ging zum Fenster.

Er hatte zwei Baguettes unter dem Arm und unterhielt sich mit einer umwerfenden Blondine in einem dunkelgrünen Kostüm und einem breitkrempigen Pelzhut. Sie schaute zu mir herauf. Édouard, der ihrem Blick gefolgt war, drehte sich um und winkte mir zu.

«Komm herunter, *chérie*. Ich will dir jemanden vorstellen.»

Ich hatte keine Lust auf irgendwelche neuen Bekanntschaften. Ich wollte, dass er heraufkam, damit ich ihn mit meinen Beinen umschlingen und ihn abküssen konnte, während wir im Bett frühstückten. Aber ich zog seufzend den Morgenmantel enger um mich zusammen und ging hinunter.

«Sophie, das ist Mimi Einsbacher. Eine alte Freundin. Sie hat mehrere Gemälde gekauft und mir für ein paar Aktzeichnungen Modell gesessen.»

Noch eine?, dachte ich abwesend.

«Herzlichen Glückwunsch zur Hochzeit. Édouard hat mir … nicht die geringste Andeutung gemacht.»

Irgendetwas an der Art, auf die sie mich bei diesen Worten ansah, und an dem Seitenblick, den sie Édouard zuwarf, löste in mir ein unbehagliches Gefühl aus.

«*Enchantée, Madame*», sagte ich und streckte ihr die Hand entgegen. Sie ergriff meine Hand, als würde ihr jemand einen toten Fisch anbieten. Einen Moment lang standen wir in unbehaglichem Schweigen da. Zwei Straßenkehrer arbeiteten sich auf beiden Straßenseiten parallel vorwärts und pfiffen gemeinsam eine Melodie. Die Gullys liefen wieder einmal über, und bei dem Geruch, zusammen mit den Nachwirkungen des Weins, wurde mir auf einmal schlecht.

«Entschuldigt mich bitte», sagte ich und ging Richtung Haustür. «Ich bin kaum passend angezogen, um mich draußen sehen zu lassen. Édouard, ich mache das Feuer an und setze den Kaffee auf.»

«Kaffee!», jubelte er und rieb sich die Hände. «Es war großartig, dass wir uns getroffen haben, Mimi. Ich komme – entschuldige, *wir* kommen dich bald einmal in deiner neuen Wohnung besuchen. Sie scheint ja wundervoll zu sein.»

Pfeifend kam er die Treppe herauf. Während er seinen Mantel ablegte, schenkte ich ihm eine Tasse Kaffee ein und stieg wieder ins Bett. Er stellte einen Teller zwischen uns, brach mir ein Stück Baguette ab und gab es mir.

«Hast du mit ihr geschlafen?» Ich sah ihn bei dieser Frage nicht an.

«Mit wem?»

«Mimi Einsbacher.»

Ich habe keine Ahnung, warum ich ihn das fragte; so etwas hatte ich noch nie gemacht.

Er schüttelte kaum merklich den Kopf, als wäre es eine Belanglosigkeit. «Es wäre aber sehr wohl möglich gewesen.» Als ich nichts sagte, sah er mich ernst an. «Sophie, du weißt, dass ich kein Mönch war, bevor ich dich kennengelernt habe.»

«Ich weiß.»

«Ich bin einfach ein Mann. Und ich war lange allein, bevor wir uns begegnet sind.»

«Das weiß ich auch. Und ich will dich ganz genau so haben, wie du bist.» Ich drehte mich zu ihm und küsste ihn sanft auf die Schulter.

Er streckte den Arm aus und zog mich mit einem wohligen Seufzer an sich. Sein warmer Atem streifte meine Augenlider. Er schob seine Finger in mein Haar und bog meinen Kopf zurück, sodass ich ihn ansehen musste.

«Meine süße Gemahlin. Du musst einfach immer nur an eins denken: Bevor ich dich kannte, wusste ich nicht, was Glück ist.»

Warum soll ich mir da noch Sorgen um Mimi und ihresgleichen machen?, dachte ich, während ich das Baguette weglegte und mein Bein über Édouard schob, seinen Duft einatmete und ihn wieder in Besitz nahm.

Beinahe glaubte ich meine Worte selbst.

Am folgenden Mittwoch ging Mimi Einsbacher zufällig an unserem Haus vorbei, als wir gerade aus dem Atelier kamen (ich wollte schnell zur Post, um einen Brief an meine Schwester abzuschicken); also passte es gut, dass Édouard mit ihr frühstücken ging. Warum hätte er allein essen sollen? Und dann noch einmal, zwei Tage darauf. Es war ein kalter Novembertag, und Édouard drückte mir meine gute Pelzmütze auf den Kopf, als ich die riesige Eichentür aufzog, die auf die Rue Soufflot führte. Ich lachte und schlug seine Hände weg. «Du hast sie mir falsch herum aufgesetzt! Édouard! Hör auf! Ich sehe aus wie eine Geisteskranke!» Seine große Hand lag am Übergang meines Halses zu meiner Schulter. Ich liebte es, ihr Gewicht zu spüren.

«Oh, guten Morgen!» Mimi trug ein pfefferminzgrünes Cape und eine Pelzstola, und ihre Taille war so eng geschnürt, dass ihre Lippen unter dem Lippenstift vermutlich schon blau angelaufen waren. «Was für eine schöne Überraschung!»

«Madame Einsbacher. Wir können uns wirklich glücklich schätzen, Sie so bald wiederzusehen.» Mit einem Mal kam ich mir mit dem verdrehten Hut auf dem Kopf nur noch lächerlich vor.

«Mimi! Was für eine Freude, dich zu sehen.» Édouard ließ meine Schulter los und neigte den Kopf, um ihr einen Kuss auf die behandschuhte Hand zu hauchen. Ich wand mich innerlich bei diesem Anblick, dann wies ich mich in Gedanken zurecht. *Sei nicht kindisch, schließlich hat sich Édouard für dich entschieden.*

«Und wohin geht es an diesem kühlen Morgen? Wieder zur Post?» Sie hielt ihre Handtasche geziert vor sich. Es war eine Krokotasche.

«Ich habe einen Termin bei meinem Kunsthändler in Montmartre. Meine Frau geht uns inzwischen etwas zu essen kaufen.»

Ich drehte meinen Hut richtig herum und wünschte mir, ich hätte mich für meinen besseren schwarzen Hut entschieden. «Nun, das könnte ich», sagte ich, «wenn du dich benimmst.»

«Siehst du, was ich aushalten muss?» Édouard beugte sich zu mir, um mich auf die Wange zu küssen.

«Meine Güte. Sie ist sehr streng zu dir, da bin ich sicher.» Mimis Lächeln war nicht zu deuten.

Édouard wickelte sich seinen dicken Schal um den Hals und musterte uns beide einen Moment lang. «Wisst ihr was, ihr beide solltet euch richtig kennenlernen. Es wäre gut für Sophie, wenn sie hier eine Freundin hätte.»

«Ich habe Freundinnen, Édouard», protestierte ich.

«Aber deine Freundinnen aus dem Laden haben tagsüber keine Zeit. Und sie wohnen im neunten Arrondissement. Mit Mimi könntest du dich auf einen Kaffee treffen, wenn ich zu tun habe. Ich hasse die Vorstellung, dass du allein bist.»

«Wirklich», ich lächelte ihn an, «ich fühle mich sehr wohl in meiner eigenen Gesellschaft.»

«Oh, Édouard hat recht. Sie haben vermutlich keinen

besonders engen Kontakt zu seinen Kreisen. Am besten begleite ich Sie, oder? Damit tue ich Édouard einen Gefallen. Und ich wäre entzückt.»

Édouard strahlte.

«Großartig!», sagte er. «Meine beiden Lieblingsdamen gehen zusammen bummeln. Dann wünsche ich euch einen schönen Tag. Sophie, *chérie*, zum Abendessen bin ich zurück.»

Er drehte sich um und ging Richtung Rue Saint-Jacques.

Mimi und ich sahen uns an, und einen Moment lang glaubte ich, einen eiskalten Ausdruck in ihren Augen wahrzunehmen.

«Wie reizend», sagte sie. «Gehen wir los?»

Kapitel 3

Place des Vosges, 1998

Sie hatten Pläne für den Vormittag gemacht; gemütlich ausschlafen, Frühstück im Café Hugo an der Place des Vosges, ein Bummel durch die kleinen Geschäfte und Boutiquen im zweiten Arrondissement, vielleicht ein Spaziergang an der Seine, wo sie ein bisschen bei den Bouquinisten stöbern konnten. Nach dem Mittagessen wäre David für etwa zwei Stunden bei seinem Termin, und sie würde in das wundervolle Spa im Royal Monceau gehen, während er übers Geschäft redete. Dann würden sie sich zu einem Nachmittagscocktail in der Bar treffen und anschließend in einer Brasserie um die Ecke gemütlich essen. Der Tag war gerettet. Sie würde nett sein. Sie würde Verständnis zeigen. Darum ging es schließlich in einer Ehe: um die große Kunst der Kompromisse. Das hatte sie sich seit dem Aufwachen mehrere Male vorgebetet.

Und dann hatte beim Frühstück Davids Telefon geklingelt.

«Die Goldsteins», sagt sie, als er endlich das Gespräch beendet. Ihre Tartine steht unberührt vor ihr.

«Planänderung. Sie wollen mich heute Vormittag treffen, in ihrem Büro in der Nähe der Champs-Élysées.»

Als sie nichts sagt, legt er seine Hand auf ihre und sagt: «Es tut mir wirklich leid. Ich bin höchstens ein paar Stunden weg.»

Sie kann nicht sprechen. Sie spürt dicke, salzige Tränen der Enttäuschung aufsteigen.

«Ich weiß. Ich mache es wieder gut. Es ist nur …»

«… dass diese Sache wichtiger ist.»

«Das ist unsere Zukunft, Liv.»

Liv sieht ihn an, und sie weiß, dass ihr die Frustration ins Gesicht geschrieben steht. Und sie ist paradoxerweise wütend auf ihn, weil er sie dazu bringt, sich so zu verhalten.

Er drückt ihre Hand. «Komm schon, Liebling. Du kannst etwas unternehmen, worauf ich keine besondere Lust habe, und dann treffe ich mich wieder mit dir. Es ist hier immerhin nicht schwer, ein paar Stunden Zeit totzuschlagen. Wir sind schließlich in Paris.»

«Klar. Ich wusste bloß nicht, dass meine Hochzeitsreise daraus bestehen würde, mir in Paris fünf Tage lang zu überlegen, wie man am besten die Zeit totschlägt.»

Seine Stimme hat einen scharfen Beiklang. «Es tut mir leid. Ich habe eben keinen Beruf, bei dem ich einfach die Pausentaste drücken kann.»

«Nein. Das hast du sehr deutlich zum Ausdruck gebracht.»

Genauso war es auch schon den ganzen Abend zuvor im La Coupole gewesen. Sie hatten sich bemüht, unverfängliche Gesprächsthemen zu finden, angespannt gelächelt, und hinter ihrer angestrengt freundlichen Unterhaltung hatte ein unausgesprochener Dialog stattgefunden. Wenn er etwas sagte, hatte sie sich gewunden, weil er sich so offenkundig unbehaglich fühlte. Und wenn er nichts sagte, hatte sie überlegt, ob er an die Arbeit dachte.

Zurück in ihrer Suite hatte sich Liv im Bett von ihm weggedreht, weil sie sich derartig über ihn ärgerte, dass sie nicht von ihm berührt werden wollte. Und dann hatte sie panisch dagelegen, als er es nicht einmal versuchte.

In den sechs Monaten ihres Zusammenseins konnte sie sich an keinen Streit erinnern, bis sie nach Paris gekommen waren. Die Hochzeitsreise löst sich auf; das spürt sie.

David bricht als Erster das Schweigen. Er lässt ihre Hand nicht los. Er beugt sich über den Tisch und streicht ihr zärtlich eine Haarsträhne aus dem Gesicht. «Es tut mir leid. Nach diesem Termin war's das dann wirklich. Lass mir einfach ein paar Stunden, und ich verspreche dir, danach bin ich nur noch für dich da. Vielleicht verlängern wir den Aufenthalt, und ich … gleiche die Stunden aus.» Er versucht zu lächeln.

Da wendet sie sich ihm zu, fühlt sich entwaffnet, will, dass sie wieder normal miteinander umgehen, will, dass sie sich wieder fühlen wie *sie selbst.* Sie starrt auf ihre Hand, die in seiner liegt, auf den rotgoldenen Schimmer ihres neuen Eherings, der an ihrem Finger immer noch ungewohnt aussieht.

Die vergangenen achtundvierzig Stunden haben sie völlig aus dem Gleichgewicht gebracht. Das Glück, das sie die letzten Monate empfunden hat, wirkt plötzlich zerbrechlich, als wäre es auf ein wackligeres Fundament gebaut, als ihnen beiden bewusst gewesen war.

Sie sucht seinen Blick. «Ich liebe dich, weißt du.»

«Und ich liebe dich.»

«Ich bin eine schreckliche, bedürftige, miesepetrige Freundin.»

«Ehefrau.»

Ein zögerliches Lächeln breitet sich auf ihrem Gesicht aus. «Ich bin eine schreckliche, bedürftige, miesepetrige Ehefrau.»

Er grinst, er küsst sie, und sie sitzen an der Place des Vosges, hören die Mopeds knattern und den Verkehr in Richtung Boulevard Beaumarchais. «Glücklicherweise finde ich zufällig, dass schrecklich und miesepetrig sehr attraktive Eigenschaften bei einer Frau sind.»

«Du vergisst bedürftig.»

«Das ist meine Lieblingseigenschaft.»

«Geh», sagt sie und entzieht ihm sanft ihre Hand. «Geh jetzt, du Süßholzraspler, bevor ich dich in dieses Hotel zurückschleppe und dafür sorge, dass du es überhaupt nicht mehr zu deinem komplett nervenden Termin schaffst.»

Die Atmosphäre zwischen ihnen entspannt sich. Sie atmet langsam und bewusst aus.

«Was wirst du in der Zwischenzeit machen?»

Sie sieht ihm zu, wie er seine Sachen einsammelt: Schlüssel, Brieftasche, Jackett, Handy.

«Ich gehe wahrscheinlich in irgendein Museum.»

«Ich schicke dir eine SMS, wenn wir durch sind. Dann treffe ich dich irgendwo.» Er schickt ihr einen Luftkuss.

«Und dann können wir diese Sache mit dem Ins-Bett-Zerren zu Ende besprechen.»

Er ist schon halb draußen, als er sich noch einmal umdreht und die Hand hebt. «A *bientôt*, Mrs. Halston!»

Ihr Lächeln hält an, bis er außer Sichtweite ist.

Die Rezeptionistin im Hotel hat sie darauf aufmerksam gemacht, dass man um diese Uhrzeit stundenlang vorm Louvre Schlange stehen muss, also geht sie stattdessen zum Musée d'Orsay. David hat ihr erklärt, dass die Architektur des Gebäudes beinahe genauso beeindruckend ist wie die Kunstausstellung. Doch sogar um zehn Uhr vormittags mäandert die Warteschlange wie ein endloses Zickzackband vor dem Museum. Die Sonne brennt schon heiß vom Himmel, und sie hat vergessen, einen Hut mitzunehmen.

«Oh, super», murmelt sie, als sie sich anstellt. Sie überlegt, ob sie es überhaupt bis in das Gebäude schafft, bevor Davids Besprechung zu Ende ist.

«Es wird nicht allzu lang dauern. Sie schleusen die Leute ziemlich schnell durch.» Der Mann vor ihr hat sich herumgedreht und nickt in Richtung der Kassenschlange. «Manchmal ist der Eintritt frei. Dagegen ist diese Schlange ein Witz.»

Er lächelt sie an. Sie überlegt, ob man ihr wirklich so eindeutig ansieht, dass sie Engländerin ist. «Ich kann mir nicht vorstellen, dass all diese Leute überhaupt da reinpassen.»

«Oh doch, das werden sie. Da drinnen ist es wie in der Tardis.»

Als sie lächelt, streckt er ihr die Hand entgegen. «Tim Freeland.»

«Liv Worth … Halston. Olivia Halston.» Sie hat sich noch nicht an ihren neuen Namen gewöhnt.

«Ah. Auf dem Plakat dort steht, dass es eine große Matisse-Sonderausstellung gibt. Vermutlich stehen hier deswegen so viele Leute an. Hier. Ich mache meinen Schirm auf. Dann sind Sie ein bisschen vor der Sonne geschützt.»

Er kommt jedes Jahr zum Tennisturnier nach Paris, erzählt er ihr, während sie sich schrittchenweise über den Zickzack-Laufweg in Richtung Einlass vorwärtsschieben. Und wenn gerade kein Tennismatch angesetzt ist, stattet er seinen Lieblingsorten einen Besuch ab. Das Orsay gefällt ihm viel besser als der Louvre, in dem sich zu viele Touristen in der Gemäldeabteilung drängen. Er lächelt leicht, weil ihm das Paradoxe an seinem Satz aufgefallen ist.

Er ist groß, braungebrannt und hat dunkelblondes Haar, das er aus der Stirn zurückgestrichen trägt. Sie vermutet, dass er sich diese Frisur schon als Jugendlicher zugelegt hat. Die Art, auf die er über sein Leben spricht, lässt darauf schließen, dass er keine finanziellen Sorgen hat. Seine Erwähnung von Kindern und der fehlende Ehering bedeuten vermutlich eine Scheidung vor längerer Zeit. Er ist aufmerksam und charmant. Sie reden über Pariser Restaurants, Tennis und die Unberechenbarkeit der Taxifahrer von Paris. Es ist erleichternd, eine Unterhaltung zu führen, die nicht mit unausgesprochenen Vorwürfen oder Fangfragen aufgeladen ist. Als sie am Eingang angekommen sind, ist sie merkwürdig fröhlich.

«Tja, mit Ihnen ist die Wartezeit wirklich unheimlich

schnell vergangen.» In fünfundzwanzig Minuten haben sie das Ende der Schlange erreicht. Tim Freeland klappt seinen Schirm zusammen und streckt die Hand aus. «Es war mir ein Vergnügen, Sie kennenzulernen, Olivia Halston. Und ich empfehle die Impressionisten im obersten Stockwerk. Dort haben Sie jetzt vermutlich freie Sicht, bevor der Massenansturm kommt.»

Er lächelt sie an, um seine Augenwinkel bilden sich Fältchen, und dann ist er weg, mit großen Schritten in der riesenhaften Eingangshalle des Museums verschwunden, als wüsste er genau, wohin er will. Und Liv, der bewusst ist, dass man sich sogar, wenn man auf einer *richtigen* Hochzeitsreise ist, von einem fünfundzwanzigminütigen Gespräch mit einem aufmerksamen, gutaussehenden Mann aufheitern lassen darf, geht beschwingt zu den Aufzügen.

Sie lässt sich Zeit, schlendert langsam durch die Impressionisten-Abteilung, betrachtet jedes Gemälde aufmerksam. Sie muss schließlich Zeit totschlagen. Etwas beschämt wird ihr bewusst, dass sie seit ihrem Uniabschluss vor zwei Jahren keinen Fuß mehr in eine Ausstellung gesetzt hat. Nach einiger Überlegung kommt sie zu dem Schluss, dass ihr die Monets und Morisots gefallen, die Renoirs aber nicht. Aber vielleicht waren sie auch einfach viel zu oft auf Pralinenschachteln abgedruckt worden, sodass man jetzt kaum noch anders kann, als bei Renoir an Pralinen zu denken.

Sie setzt sich, und dann steht sie wieder auf. Sie wünschte, David wäre bei ihr. Es ist seltsam, vor den Ge-

mälden zu stehen und niemanden zu haben, mit dem man darüber reden kann. Sie ertappt sich wiederholt dabei, andere Leute zu mustern, die vielleicht auch alleine da sind, und bei ihnen nach Hinweisen auf Schrulligkeit zu suchen. Sie überlegt, ob sie Jasmine anrufen soll, einfach, um mit jemandem reden zu können, aber dann wird ihr klar, dass sie damit das Scheitern ihrer Flitterwochen offiziell machen würde. Wer ruft schon von der Hochzeitsreise aus irgendjemanden an? Kurz ist sie wieder wütend auf David und muss sich in Gedanken die schlechte Laune ausreden.

Die Säle des Museums werden immer voller. Sie hört englische Akzente, amerikanische. Aus irgendeinem Grund geht ihr das auf die Nerven. Sie stellt fest, dass sie angefangen hat, sich über irgendwelche Kleinigkeiten zu ärgern.

Um dem Gedränge zu entkommen, schiebt sich Liv durch den Saal, dann durch den nächsten, vorbei an einer Serie Landschaftsgemälde, bis zu den weniger berühmten Künstlern, wo nur wenige Besucher sind. Sie geht langsamer, versucht, die unbekannteren Maler mit derselben Aufmerksamkeit zu betrachten, die sie den Berühmtheiten gewidmet hat, allerdings zieht kaum etwas wirklich ihren Blick an. Sie schaut sich gerade nach dem Weg zum Ausgang um, als sie sich plötzlich vor einem kleinen Ölbild wiederfindet, und da, beinahe gegen ihren Willen, hält sie inne. Eine rothaarige Frau steht neben einem Tisch, der mit den Überresten einer Mahlzeit beladen ist, sie trägt ein weißes Kleid, das so etwas wie ein Unterkleid sein könnte. Die Frau hat ihren Körper halb vom Betrachter abgewendet, doch ihre Profilansicht ist deutlich zu sehen. Ihr Blick geht in Richtung des Malers, ohne ihn jedoch voll anzuschauen. Ihre Schultern sind vor Unmut oder Anspannung nach vorn gezogen.

Das Gemälde heißt: *Gattin, verstimmt.*

Sie betrachtet das Bild, nimmt das auserlesen klare Auge der Frau wahr, die geröteten Stellen auf ihrer Wange, die Art, auf die ihr Körper sowohl kaum beherrschte Wut als auch eine Niederlage auszudrücken scheint. Und plötzlich denkt Liv: *Oh Gott. Das bin ich.*

Nachdem dieser Gedanke erst einmal in ihrem Kopf aufgetaucht ist, lässt er sich nicht mehr vertreiben. Sie will den Blick abwenden, aber sie kann es nicht. Ihr bleibt die Luft weg, als hätte sie einen Schlag in die Magengrube bekommen. Das Gemälde wirkt so unheimlich vertraut, so beunruhigend. *Ich bin vierundzwanzig Jahre alt, und ich habe einen Mann geheiratet, der mich schon jetzt in den Hintergrund seines Lebens gerückt hat. Ich werde nicht zu dieser kläglichen Frau, die in schweigender Wut in der Küche steht, wo sie von niemandem wahrgenommen wird; die sich verzweifelt nach seiner Aufmerksamkeit sehnt und schmollt, wenn sie keine bekommt. Die allein etwas unternimmt und «das Beste daraus macht».*

Sie sieht ihre künftigen Reisen mit David vor sich; sie selbst, wie sie die Reiseführer nach Sehenswürdigkeiten durchsieht und versucht, nicht enttäuscht zu wirken, wenn er wieder einmal einen wichtigen Geschäftstermin hat, den er nicht verpassen darf. *Ich werde nicht wie meine Mutter enden.*

Frauchen.

Das Musée d'Orsay ist plötzlich viel zu überfüllt, viel zu laut. Sie schiebt sich zwischen anderen Besuchern die Treppe hinunter, gegen den Strom der Neuankömmlinge, murmelt Entschuldigungen, als sie an Schultern, Ellbogen und Taschen stößt. Sie weicht auf eine Nebentreppe aus, schlängelt sich durch einen Korridor, doch statt zum Ausgang zu kommen, findet sie sich bei der großen Kantine wieder, wo sich ebenfalls gerade eine Schlange bildet. Wo ist der verdammte Ausgang? Es wird immer voller. Liv kämpft sich durch die gesamte Art-déco-Abteilung, vorbei an den riesigen Möbelstücken in organischen Formen, die auf einmal grotesk wirken, übertrieben extravagant, dann stellt sie fest, dass sie am falschen Ende herausgekommen ist, und stößt einen Seufzer aus, der beinahe ein Schluchzen ist, obwohl sie nicht recht sagen kann, was der wahre Grund dafür ist.

«Alles in Ordnung mit Ihnen?»

Sie wirbelt herum. Tim Freeland sieht sie an, ein Faltblatt in der Hand.

Sie wischt sich übers Gesicht, versucht zu lächeln.

«Ich … ich finde den Ausgang nicht.»

Seine Augen wandern über ihr Gesicht – *weint sie etwa?* –, und sie könnte im Boden versinken vor Scham. «Es tut mir leid. Es ist nur … ich muss wirklich hier raus.»

«Das Gedränge», sagt er sanft. «Das kann um diese Jahreszeit wirklich ein bisschen heftig werden. Kommen Sie.» Er nimmt sie am Ellbogen und steuert sie durch die gesamte Länge des Museums, geht durch die dunkleren Ausstellungsräume an den Seiten, für die sich anscheinend weniger Besucher interessieren. Innerhalb von Minuten sind sie eine Treppe hinunter und treten auf den hellen Vorplatz hinaus, wo die Schlangen vor dem Eingang sogar noch länger geworden sind.

Sie bleiben ein Stückchen entfernt stehen. Liv bekommt ihre Atmung wieder unter Kontrolle.

«Es tut mir sehr leid», sagt sie und blickt zurück. «Ich glaube, Sie kommen nicht wieder hinein.»

Er schüttelt den Kopf. «Ich hatte sowieso genug für heute. Wenn man das Stadium erreicht, in dem man vor lauter Hinterköpfen kein Bild mehr sieht, ist es ohnehin Zeit zu gehen.»

Sie stehen einen Moment auf dem hellen, breiten Bürgersteig. Vor ihnen kriecht der Verkehr am Seineufer entlang, hier und da knattert ein Moped in Schlangenlinien durch den Stau. Die Sonne taucht die Gebäude in ein blauweißes Licht, das charakteristisch für diese Stadt zu sein scheint.

«Möchten Sie einen Kaffee trinken? Ich glaube, es wäre gut, wenn Sie sich ein paar Minuten hinsetzen.»

«Oh … ich kann nicht. Ich bin verabredet …»

Sie schaut auf ihr Handy. Keine Nachrichten. Sie starrt das Gerät einen Moment lang an, lässt die Erkenntnis wirken. Verdaut die Tatsache, dass die Besprechung nach Davids Ankündigung nun schon vor beinahe einer Stunde zu Ende gegangen sein sollte. «Mmh … könnten Sie einen Moment warten?»

Sie dreht sich weg, wählt Davids Nummer, kneift ein wenig die Augen zusammen, während sie auf den Verkehr starrt, der über den Quai Voltaire kriecht. Ihr Anruf wird sofort auf die Mailbox umgeleitet. Sie überlegt flüchtig, was sie ihm sagen soll. Und dann beschließt sie, überhaupt nichts zu sagen.

Sie klappt ihr Handy zusammen und dreht sich wieder zu Tim Freeland um.

«Ehrlich gesagt, würde ich unheimlich gern einen Kaffee trinken. Danke.»

Un express, et une grande crème. Selbst wenn sie ihre beste französische Aussprache anwendet, antworten ihr die Kellner immer auf Englisch. Nach den Demütigungen dieses Vormittags ist das kaum noch peinlich. Sie trinkt einen Kaffee, bestellt einen zweiten, atmet in die warme Stadtluft und lenkt im Gespräch jede Aufmerksamkeit von sich ab.

«Sie stellen eine Menge Fragen», sagt Tim Freeland irgendwann. «Entweder sind Sie Journalistin, oder Sie waren auf einem sehr guten Mädcheninternat.»

«Oh, ich bin Expertin für Industriespionage. Und ich weiß alles über Ihre neue Erfindung.»

Er lacht. «Aha … leider bin ich eine erfindungsfreie Zone. Ich bin im Ruhestand.»

«Wirklich? Dafür sehen Sie nicht alt genug aus.»

«Ich bin auch noch nicht alt genug dafür. Vor neun Monaten habe ich mein Unternehmen verkauft. Und ich überlege immer noch, was ich mit meiner Zeit anfangen soll.»

Er sagt das in einem Ton, der nahelegt, dass er sich keine allzu großen Sorgen darüber macht. Wie wäre es wohl, denkt sie, wenn ich meine Zeit damit verbringen könnte, durch meine Lieblingsstädte zu bummeln, in Museen zu gehen und irgendwelche Zufallsbekanntschaften zum Kaffee einzuladen?

«Und wo wohnen Sie?»

«Oh … hier und da. Im Frühsommer verbringe ich ein paar Monate in Paris. Und ich habe eine Wohnung in London. Ich bin auch öfter in Südamerika – meine Exfrau wohnt mit meinen beiden ältesten Kindern in Buenos Aires.»

«Das klingt kompliziert.»

«In meinem Alter ist das Leben immer kompliziert.» Er lächelt. «Eine Zeitlang habe ich zu diesen vollkommen albernen Männern gehört, die es unmöglich fanden, sich zu verlieben, ohne zu heiraten.»

«Was für ein Gentleman.»

«Wohl kaum. Wer war das noch mal, der gesagt hat: ‹Jedes Mal, wenn ich mich verliebe, kostet mich das ein Haus›?» Er rührt in seinem Kaffee. «In Wahrheit ist alles sehr zivilisiert zugegangen, wie in solchen Fällen üblich. Ich habe zwei Exgattinnen, und beide sind wirklich wunderbare Frauen. Nur leider habe ich das nicht erkannt, solange ich mit ihnen zusammen war.»

Er redet leise und wählt seine Worte mit Bedacht, ein Mann, der es gewohnt ist, die Aufmerksamkeit auf sich zu ziehen. Sie betrachtet ihn, seine sonnengebräunten Hände, seine makellosen Manschetten, und stellt sich ein Apartment im ersten Arrondissement mit Haushälterin vor, ein Edelrestaurant, dessen Geschäftsführer seinen Namen kennt. Tim Freeland ist nicht ihr Typ und mindestens fünfundzwanzig Jahre älter als sie, aber sie überlegt kurz, wie es wohl mit einem Mann wie ihm wäre. Sie überlegt, ob sie ein Passant für ein Ehepaar halten könnte.

«Und womit verbringen Sie Ihr Leben, Olivia?» Er nennt sie Olivia. Bei jedem anderen würde das affektiert klingen. Aber bei ihm klingt es nach so etwas wie altmodischer Höflichkeit.

Diese Frage reißt sie aus ihren Gedanken, und sie errötet ein wenig, als ihr klarwird, worüber sie nachgedacht hat.

«Ich … ich bin gerade in einer Übergangsphase zwischen zwei Jobs. Ich habe die Uni abgeschlossen und eine Zeitlang in einem Büro gearbeitet, dann ein bisschen gekellnert. Das Übliche eben. Ich schätze, ich habe noch nicht herausgefunden, was ich stattdessen machen könnte.» Sie lächelt verlegen.

«Dafür haben Sie noch viel Zeit. Kinder?» Er wirft einen vielsagenden Blick auf ihren Ehering.

«Oh. Nein. Noch lange nicht.» Sie lacht unbehaglich. Sie kann ja kaum für sich selbst aufkommen; dass ein plärrendes Kleinkind von ihr abhängig wäre, ist unvorstellbar.

Sie spürt, wie er sie mustert. «Da haben Sie recht. Für all das haben Sie noch viel Zeit.» Sein Blick lässt sie nicht los. «Wenn es Sie nicht stört, dass ich das sage, aber Sie sind ziemlich jung für eine Ehefrau. Heutzutage, meine ich.»

Sie weiß nicht, was sie darauf sagen soll, also nippt sie an ihrem Kaffee.

«Ich weiß, dass man Frauen nicht nach ihrem Alter fragen soll, aber Sie sind doch höchstens dreiundzwanzig … vierundzwanzig?»

«Nicht schlecht. Vierundzwanzig.»

Er nickt. «Und Ihr Gesicht ist gut geschnitten. Vermutlich sehen Sie noch in zehn Jahren aus wie vierundzwanzig. Nein, werden Sie nicht rot. Ich stelle nur eine Tatsache fest. Also war es … eine Sandkastenliebe?»

«Nein … mehr so etwas wie Liebe auf den ersten Blick.» Sie sieht von ihrem Kaffee auf. «Ehrlich gesagt, bin ich … frisch verheiratet.»

«Frisch verheiratet?»

Er sieht sie an. Und sein fragender Blick sagt alles.

«Sind Sie auf Ihrer Hochzeitsreise?»

Er wirkt so erstaunt, kann sein unvermitteltes Mitleid so schlecht verbergen, dass sie es kaum erträgt. Sie sieht die *Gattin, verstimmt* vor sich, die sich resigniert abwendet, ein ganzes Leben voll peinlicher Momente hinter sich. *Oh, Sie sind verheiratet? Und wo ist Ihr Mann?*

Was hat sie nur getan?

«Es tut mir sehr leid», sagt sie mit gesenktem Kopf und sammelt ihre Sachen vom Tisch ein. «Ich muss jetzt gehen.»

«Olivia. Bitte laufen Sie doch nicht so davon. Ich …»

Sie spürt, dass ihre Ohren rot sind vor Scham. «Nein. Wirklich. Ich sollte vermutlich sowieso nicht hier sein. Es war schön, Sie kennenzulernen. Vielen Dank für den Kaffee. Und … also …»

Sie sieht ihn nicht an. Sie bringt ein Lächeln in seine Richtung zustande, und dann flüchtet Liv, halb gehend, halb rennend am Seineufer entlang Richtung Notre-Dame.

Kapitel 4

1912

Auf dem Marché Monge drängten sich die Menschen trotz unangenehm kühlem Wind und Nieselregen. Ich ging einen halben Schritt hinter Mimi Einsbacher, die mit entschlossenem Hüftschwung um die Stände kurvte und ständig Kommentare abgab, seit wir angekommen waren.

«Davon müssen Sie ein paar kaufen. Édouard liebt diese spanischen Pfirsiche. Sehen Sie mal, die hier sind richtig schön reif.»

«Haben Sie ihm schon mal Langusten gemacht? Oh! Wie dieser Mann Langusten essen kann …»

«Kohl? Rote Zwiebeln? Sind Sie sicher? Diese Zutaten sind sehr … rustikal. Wissen Sie, ich glaube, er hätte vielleicht lieber etwas Raffinierteres. Édouard ist ein großer Feinschmecker, wissen Sie. Wirklich, einmal sind wir ins Le Petit Fils gegangen, und er hat das gesamte Probiermenü gegessen. Vierzehn Gänge! Können Sie sich das vorstellen? Als die Petit Fours aufgetragen wurden, dachte ich, er müsste platzen. Aber er hat sich so wohl

gefühlt …» Sie schüttelt den Kopf, als würde sie in Erinnerungen versinken. «Er ist eben ein Mann von großen Gelüsten …»

Ich nahm einen Bund Karotten in die Hand und tat so, als würde ich ihn interessiert mustern. Irgendwo in meinem Hinterkopf hatte ein leichtes Pochen eingesetzt, das Kopfschmerzen ankündigte.

Mimi Einsbacher blieb vor einem Stand mit Eingemachtem stehen. Sie wechselte ein paar Worte mit dem Händler, dann nahm sie ein kleines Glas in die Hand und hielt es ins Licht. Sie warf mir unter der Hutkrempe heraus einen Seitenblick zu. «Oh, Sie hören solche Empfehlungen bestimmt nicht gern, Sophia. Aber ich muss Ihnen trotzdem zu dieser Foie gras raten. Das ist ein wundervoller Leckerbissen für Édouard. Wenn Sie ein bisschen … knapp mit dem Haushaltsgeld sind, würde ich es ihm gern schenken. Als alte Freundin. Ich weiß, wie unberechenbar er in solchen Dingen sein kann.»

«Wir können sehr gut selbst für uns aufkommen, danke.» Ich nahm ihr das Glas Foie gras ab und gab dem Standbesitzer sein Geld. Die Hälfte unseres Essensbudgets, dachte ich mit unterdrückter Wut.

Sie verlangsamte ihren Schritt, sodass ich gezwungen war, neben ihr zu gehen. «Nun … Gagnaire sagte mir, dass Édouard seit Wochen nicht gemalt hat. Wirklich ein Jammer.»

Und was hast du mit Édouards Kunsthändler zu schaffen?, wollte ich fragen, aber ich ließ die Gelegenheit verstreichen. «Wir haben gerade erst geheiratet. Er war … abgelenkt.»

«Wissen Sie, er ist ein großes Talent. Er sollte seine Konzentration nicht verlieren.»

«Édouard sagt, er malt weiter, wenn er so weit ist.»

Es war, als hätte sie mich nicht gehört. Mimi ging zu einem Pâtisserie-Stand und betrachtete eine Tarte framboise. «Himbeeren! Um diese Jahreszeit! Wohin ist es nur mit unserer Welt gekommen?»

Bitte schlag nicht vor, dass ich diesen Kuchen auch noch für Édouard kaufen soll, sagte ich in Gedanken. Mein Geld reichte kaum noch für Brot. Doch Mimi hatte anderes im Sinn. Sie kaufte ein kleines Baguette, wartete, bis es der Standbesitzer in Papier eingeschlagen hatte, drehte sich dann halb zu mir um und sagte mit gesenkter Stimme: «Übrigens können Sie sich nicht vorstellen, wie überrascht wir alle waren, dass er geheiratet hat. Ein Mann wie Édouard.» Sie schob das Baguette vorsichtig unter dem Henkel ihres Einkaufskorbes durch. «Also habe ich mich gefragt … ob man vielleicht gratulieren kann?»

Ich sah sie an, ihr strahlendes, unschuldiges Lächeln. Und dann bemerkte ich, dass sie unverhohlen meine Taille musterte.

«Nein!»

Ich brauchte eine Weile, bis mir klarwurde, wie sehr sie mich beleidigt hatte. Ich hätte am liebsten gesagt: *Édouard hat mich angefleht, ihn zu heiraten. Er war derjenige, der es unbedingt wollte. Er konnte den Gedanken nicht ertragen, dass mich andere Männer auch nur anschauen. Er konnte den Gedanken nicht ertragen, dass sie in mir womöglich dasselbe sehen wie er.*

Aber ich wollte ihr gegenüber nicht das Geringste von unserem Privatleben preisgeben. Hinter ihrem Lächeln verbarg sich Feindseligkeit, und ich wollte alles, was Édouards und meine Beziehung anging, für mich behalten, damit sie es nicht angreifen, verdrehen oder als etwas darstellen konnte, was es nicht war. Ich spürte, wie ich rot wurde.

Sie musterte mich einen Moment lang. «Oh, seien Sie doch nicht so empfindlich, Sophia.»

«Sophie. Ich heiße Sophie.»

Sie drehte sich weg. «Natürlich. Sophie. Aber meine Frage kann ja nicht so ganz unerwartet kommen, oder? Es ist doch ganz normal, dass diejenigen, die Édouard am längsten kennen, ein bisschen besitzergreifend sind. Immerhin wissen wir kaum etwas über Sie … außer … Sie sind Verkäuferin, nicht wahr?»

«Das war ich. Bis ich ihn geheiratet habe.»

«Und dann mussten Sie natürlich Ihre … Arbeit aufgeben. Ein Jammer. Sie vermissen Ihre Freundinnen aus dem Laden bestimmt sehr. Ich weiß allzu gut, wie beruhigend es ist, in einem vertrauten Kreis aufgehoben zu sein, unter seinesgleichen.»

«Ich fühle mich sehr wohl in Édouards Freundeskreis.»

«Gewiss. Allerdings kann es sehr schwer sein, echte Freunde zu finden, wenn sich alle anderen schon jahrelang kennen. Es ist nicht leicht, die vielen schönen Momente nachzuvollziehen, all die gemeinsamen Erfahrungen.» Sie lächelte. «Aber trotzdem, ich bin sicher, Sie kommen gut zurecht.»

«Édouard und ich sind am glücklichsten, wenn wir allein sind.»

«Natürlich. Aber Sie denken bestimmt nicht, dass das

besonders lange so bleibt, Sophia. Er ist immerhin ein überaus geselliger Mensch. Ein Mann wie Édouard braucht unglaublich viel Freiheit.»

Ich kämpfte um meine Beherrschung. «Sie reden, als wäre ich seine Kerkermeisterin. Ich habe nie gewollt, dass Édouard etwas anderes tut als das, was er möchte.»

«Oh, ganz bestimmt nicht. Und ich bin sicher, dass Ihnen klar ist, wie glücklich Sie sich schätzen können, jemanden wie ihn geheiratet zu haben. Ich dachte nur, es wäre richtig, Ihnen ein paar Ratschläge zu geben.»

Als ich nichts sagte, fügte sie hinzu: «Vielleicht halten Sie mich jetzt für schrecklich anmaßend, weil ich Ihnen raten wollte, wie Sie mit Ihrem eigenen Ehemann umgehen sollten. Aber wie Sie wissen, folgt Édouard keinen bürgerlichen Regeln, also dachte ich, dass auch ich es mir erlauben dürfte, die Grenzen der üblichen Konversation zu überschreiten.»

«Dafür bin ich Ihnen auch überaus dankbar, Madame Einsbacher.» Ich überlegte, ob ich mich einfach umdrehen und gehen, irgendeine vergessene Verabredung erfinden könnte. Ich hatte das alles jetzt wahrhaftig lange genug ertragen.

Sie trat einen Schritt von dem Stand weg, winkte mich hinter sich her und senkte erneut die Stimme: «Nun, wenn wir jetzt so offen reden, halte ich es für meine Pflicht, Ihnen auch noch in einer anderen Hinsicht einen Rat zu geben. Von Frau zu Frau, wenn Sie so wollen. Wie ich schon sagte und wie Sie selbst wissen dürften, ist Édouard ein Mann von großen … Gelüsten.»

Sie betrachtete mich vielsagend. «Ich bin sicher, dass er

überglücklich ist, jetzt verheiratet zu sein, aber nachdem er auch wieder andere Frauen malen wird, müssen Sie darauf vorbereitet sein, ihm … gewisse Freiheiten zu gestatten.»

«Wie meinen Sie das?»

«Wollen Sie wirklich, dass ich es ausspreche, Sophia?»

«Sophie.» Mein Kiefer war beinahe erstarrt. «Ich heiße Sophie. Und ja, bitte sprechen Sie es aus, Madame.»

«Es tut mir sehr leid, wenn das taktlos ist.» Sie lächelte süß. «Aber … Sie müssen wissen, dass Sie nicht das erste Modell sind, mit dem Édouard … eine Beziehung hat.»

«Ich verstehe nicht ganz.»

Sie sah mich an, als wäre ich beschränkt. «Die Frauen auf seinen Leinwänden … es gibt einen Grund dafür, dass Édouard diese Bilder malen kann, mit solcher Delikatesse und Aussagekraft, einen Grund dafür, dass er imstande ist, solche … Intimität auszudrücken.»

Ich glaube, da wusste ich, was sie sagen würde, aber ich stand einfach da und ließ ihre Worte niederfallen wie die Fallbeile kleiner Guillotinen.

«Édouard ist ein Mann von schnellen und unvorhersehbaren Leidenschaften. Wenn für ihn der Reiz des Neuen an der Ehe verflogen ist, wird er zu seinem alten Verhalten zurückkehren. Wenn Sie ein vernünftiges Mädchen sind, und das sind Sie bestimmt – angesichts Ihres … sagen wir, *lebenspraktischen* Hintergrundes, würde ich Ihnen raten, darüber hinwegzusehen. Einen Mann wie ihn kann man nicht einsperren. Das widerspricht seiner Künstlernatur.»

Ich schluckte. «Madame Einsbacher, ich habe Ihre Zeit

nun lange genug in Anspruch genommen. Ich fürchte, wir müssen uns verabschieden. Danke für Ihren … Rat.»

Ich drehte mich um und ging, ihre Worte hallten in meinen Ohren nach, meine Fingerknöchel waren weiß, so fest ballte ich die Fäuste zusammen, um nicht irgendwem einen Schlag zu verpassen. Ich war schon halb in der Rue Soufflot, als ich bemerkte, dass ich meinen Korb mit den Zwiebeln und dem Kohl und dem Käse auf dem Boden vor dem Stand hatte stehenlassen.

Édouard war noch nicht zurück, als ich nach Hause kam. Das war keine besondere Überraschung; er und sein Kunsthändler zogen sich gewöhnlich in eine Bar zurück, um bei ein paar Gläsern Pastis übers Geschäft zu reden oder, wenn es später wurde, sogar bei Absinth. Ich ließ die Tasche mit meinem Portemonnaie und dem Glas Foie gras im Küchenbereich fallen und ging weiter zum Waschtisch, wo ich mir kaltes Wasser auf meine erhitzten Wangen spritzte. Die Frau, die mir aus dem Spiegel entgegensah, war eine triste Erscheinung, ihr Mund zu einem ärgerlichen Strich zusammengepresst, brennend rote Flecken auf den blassen Wangen. Ich versuchte zu lächeln, mich zu der Frau zu machen, die Édouard sah, doch sie wollte sich nicht zeigen. Ich konnte nur diese magere, wachsame Frau erkennen, deren Glück sich plötzlich anfühlte, als wäre es auf Treibsand gebaut.

Ich füllte ein Glas mit Süßwein und trank es hastig aus. Und dann noch eins. Nie zuvor im Leben hatte ich tagsüber Alkohol getrunken. Nachdem ich mit meinem Vater und seinen Exzessen aufgewachsen war, hatte ich kaum

Geschmack an Alkohol gefunden, bevor ich Édouard kennenlernte.

Als ich so in der stillen Wohnung saß, hörte ich ihre Worte wieder. *Er wird zu seinem alten Verhalten zurückkehren. Die Frauen auf seinen Leinwänden … es gibt einen Grund dafür, dass Édouard diese Bilder malen kann …*

Und dann schleuderte ich das Glas an die Wand, und mein gequälter Schrei übertönte die splitternden Scherben.

Ich weiß nicht, wie lang ich in unserem Bett lag, verloren in stummem Elend. Ich wollte nicht mehr aufstehen. Mein Zuhause, Édouards Atelier, fühlte sich nicht mehr wie unser kleiner Hafen an. Es fühlte sich an, als wären die Geister seiner früheren Beziehungen bei uns eingefallen, als wäre alles mit ihren Gesprächen, ihren Blicken, ihren Küssen eingefärbt.

Hör auf, so zu denken, ermahnte ich mich. Aber meine Gedanken jagten umher wie ein durchgegangenes Pferd, in immer neue, schreckliche Richtungen, und ich konnte sie nicht zügeln.

Draußen wurde es langsam dunkel, und ich hörte den Mann, der die Straßenlaternen anzündete, leise vor sich hin singen. Seine Stimme hatte bisher immer beruhigend auf mich gewirkt. Ich stand auf, dachte kurz daran, die Scherben einzusammeln, bevor Édouard nach Hause kam, doch stattdessen fand ich mich vor seinen Leinwänden wieder, die an der entgegengesetzten Wand des Ateliers lehnten. Ich zögerte einen Moment, dann begann ich, sie herauszuziehen und mir jedes Bild anzusehen. Da war Laure LeComte, die *fille de rue*, in einem grünen Sergekleid und noch ein Bild von ihr, auf dem sie nackt an einer Säule lehnte wie eine griechische Statue; ihre kleinen, festen Brüste erinnerten an halbe Pfirsiche. Dann war da Emmeline, die englische Serviererin aus der Bar Brun, die bloßen Beine unter dem Stuhl gekreuzt, einen Arm über die Rückenlehne gelegt. Ein Bild von einer dunkelhaarigen Frau, deren Namen ich nicht kannte. Ihre Korkenzieherlocken fielen über ihre nackten Schultern, während sie sich auf einer Chaiselongue zurücklehnte, die Augen halb geschlossen, als sei sie gerade aufgewacht. Hatte er auch mit ihr geschlafen? Hatten ihre leicht geöffneten Lippen, die er so hinreißend gemalt hatte, auf seine gewartet? Wie hatte ich glauben können, gegen diese seidenweiche, entblößte Haut immun zu sein, gegen diese kunstvoll zerdrückten Unterröcke?

Oh Gott, ich war so naiv gewesen. So eine naive Provinzlerin.

Und da war schließlich Mimi Einsbacher, die sich zu einem Spiegel beugte, die Kurve ihres bloßen Rückens perfekt von dem unbarmherzigen Korsett darunter umrandet, die geneigte Schulter eine blasse Einladung. Es war wundervoll gezeichnet, mit fließendem, einfühlsamem Kohlestrich. Und es war unvollendet. Was hatte er gemacht, nachdem er sich unterbrochen hatte? War er hinter sie getreten, hatte seine großen Hände auf ihre Schultern gelegt und seine Lippen auf ihre Halsbeuge gesenkt? Auf die Stelle, an der mich vor Verlangen immer ein Schauer überlief? Hatte er sie sanft aufs Bett gedrückt – unser Bett –, leise Worte gemurmelt und ihr die Röcke hochgeschoben, bis sie …?

Ich drückte mir die Fäuste auf die Augen. Ich war verstört, eine Irre. Ich hatte diese Bilder zuvor nicht einmal zur Kenntnis genommen. Nun aber erschien mir jedes einzelne wie ein stiller Verrat, wie eine Bedrohung meines künftigen Glücks. Hatte er mit all diesen Frauen geschlafen? Wie lange würde es dauern, bis er es wieder tat?

Ich saß vor den Bildern, hasste sie allesamt und konnte doch meinen Blick nicht von ihnen abwenden. Ich erfand für jedes von ihnen ganze Universen voller Geheimnisse, Lüste und Treulosigkeit, bis es draußen so finster war wie in meinen Gedanken.

Ich hörte ihn, bevor ich ihn sah; pfeifend kam er die Treppe herauf.

«Weib!», rief er, als er die Tür öffnete. «Warum sitzt du hier im Dunkeln?»

Er warf seinen Mantel aufs Bett, ging durch das Atelier, zündete die Karbidlampen an, die Kerzen, die in leeren Weinflaschen steckten, und schob sich eine Zigarette in den Mundwinkel, als er die Vorhänge zuzog. Und dann kam er zu mir, nahm mich in die Arme und kniff die Augen etwas zusammen, um mich bei dem schlechten Licht besser sehen zu können.

«Es ist erst fünf Uhr nachmittags. Ich habe dich nicht so früh erwartet.» Ich fühlte mich, als wäre ich aus einem Traum erwacht.

«So kurz nach unserer Hochzeit? Ich könnte dich niemals lange allein lassen. Übrigens: Du hast mir gefehlt. Jules Gagnaire ist kein Ersatz für deine Reize.» Er zog mein Gesicht sanft an seines und küsste sachte mein Ohr. Er roch nach Zigaretten und Pastis. «Ich ertrage es nicht, von dir getrennt zu sein, meine kleine Verkäuferin.»

«Nenn mich nicht so.»

Ich stand auf und ging von ihm weg zum Küchenbereich. Ich spürte, dass er mir leicht verwirrt nachschaute. In Wahrheit wusste ich gar nicht, was ich tat. Die Flasche mit dem Süßwein war schon lange leer. «Du hast bestimmt Hunger.»

«Ich habe immer Hunger.»

Er ist ein Mann von großen Gelüsten.

«Ich … habe meinen Korb auf dem Markt stehenlassen.»

«Hah! Das macht gar nichts. Mein Kopf war auch den halben Vormittag zu nichts zu gebrauchen. Es war ein schöner Abend gestern, oder?» Er lachte gedankenversunken in sich hinein.

Ich sagte nichts. Ich holte zwei Teller und zwei Messer und das restliche Brot vom Frühstück. Dann starrte ich auf das Glas Foie gras. Ich hatte nichts sonst, was ich ihm vorsetzen konnte.

«Ich hatte ein großartiges Treffen mit Gagnaire. Er sagt, die Galerie Berthoud im sechzehnten will diese frühen Landschaftsbilder ausstellen. Die Arbeiten aus Cazouls. Er sagt, für zwei der größeren hat er schon einen Käufer.» Ich hörte ihn eine Flasche Wein entkorken und zwei Gläser aneinanderklirren, als er sie auf den Tisch stellte.

«Ich habe ihm auch von unserem neuen System zum Geldeintreiben erzählt. Unser Einsatz hat ihn außerordentlich beeindruckt. Jetzt arbeiten sowohl er als auch du mit mir zusammen, *chérie*, da leben wir bestimmt bald in Saus und Braus.»

«Freut mich zu hören», sagte ich und stellte den Brotkorb vor ihn auf den Tisch.

Ich weiß nicht, was mit mir passiert war. Ich konnte ihn nicht anschauen. Ich setzte mich ihm gegenüber hin und kredenzte ihm die Foie gras und ein bisschen Butter. Ich schnitt eine Orange in Viertel und legte ihm zwei Stücke auf den Teller.

«Foie gras!» Er schraubte das Glas auf. «Du verwöhnst mich, Liebling.» Er brach ein Stück Brot ab und bestrich es mit der blassrosa Pastete. Ich sah ihm beim Essen zu, sein Blick ruhte auf mir, und einen Moment lang wünschte ich mir verzweifelt, er hätte Foie gras noch nie gemocht und fände sie ekelhaft. Doch er warf mir einen Luftkuss zu und schnalzte genießerisch mit der Zunge. «Was wir für ein Leben führen, du und ich, was?»

«Ich habe die Foie gras nicht ausgesucht, Édouard. Das hat Mimi Einsbacher für dich getan.»

«Mimi, soso.» Er musterte mich einen Moment lang. «Nun ja … sie kennt sich mit Essen gut aus.»

«Und mit anderen Dingen?»

«Mmm?»

«Womit kennt sich Mimi sonst noch gut aus?»

Mein Essen lag unberührt auf meinem Teller. Ich brachte nichts herunter. Ich hatte Foie gras ohnehin schon immer verabscheut, ich musste an die Zwangsfütterung der Gänse denken, die gestopft wurden, bis ihre Organe angeschwollen waren. An den Schmerz, der von einem Übermaß dessen ausgelöst werden konnte, was man liebte.

Édouard legte sein Messer auf den Teller. Er sah mich an. «Was ist los, Sophie?»

Ich konnte nicht antworten.

«Du wirkst verstimmt.»

«Verstimmt.»

«Liegt es an dem, was ich dir erzählt habe? Aber ich habe dir doch gesagt, mein Liebling, das war, bevor wir uns kennengelernt haben. Ich habe dich nie belogen.»

«Und wirst du wieder mit ihr schlafen?»

«Wie bitte?»

«Wenn der Reiz des Neuen an unserer Ehe verflogen ist? Wirst du dann zu deinem alten Verhalten zurückkehren?»

«Was hat das zu bedeuten?»

«Oh, iss einfach weiter, Édouard. Vertilge deine geliebte Foie gras.»

Er starrte mich lange an.

«Was habe ich getan», sagte er dann mit sanfter Stimme, «um das zu verdienen? Habe ich dir je den geringsten Grund gegeben, an mir zu zweifeln? Habe ich dir je etwas anderes entgegengebracht als vollkommene Hingabe?»

«Darum geht es nicht.»

«Und worum geht es dann?»

«Wie hast du sie dazu gebracht, dich so anzusehen?» Meine Stimme hatte sich gehoben.

«Wen?»

«Diese Frauen. Die Mimis und Laures. Die Servierfräuleins und die Straßenmädchen und anscheinend auch jedes andere liederliche Mädchen, das an unserer Tür vorbeikommt. Wie hast du sie dazu gebracht, so für dich Modell zu sitzen?»

Édouard war wie vor den Kopf gestoßen. Als er etwas sagte, lag ein neuer Zug um seinen Mund.

«Auf dieselbe Art, auf die ich dich dazu gebracht habe. Ich habe sie gefragt.»

«Und danach? Hast du mit ihnen gemacht, was du mit mir gemacht hast?»

Édouard senkte seinen Blick auf den Teller, bevor er antwortete.

«Wenn ich mich recht erinnere, Sophie, warst du es, die mich bei diesem ersten Mal verführt hat. Oder passt das nicht in die neue Version deiner Erinnerungen?»

«Soll ich mich deshalb besser fühlen? Weil ich von deinen Modellen die Einzige war, die du nicht selber ins Bett kriegen wolltest?»

Seine Stimme explodierte in dem stillen Atelier.

«Was soll das, Sophie? Warum quälst du dich selber so? Wir sind glücklich, du und ich. Du weißt, dass ich keinen einzigen Blick für andere Frauen habe, seit wir uns kennen!»

Ich applaudierte, jedes Klatschen hallte scharf durch das Atelier. «Gut gemacht, Édouard! Du bist mir während unserer gesamten Flitterwochen treu geblieben! Oh, das ist wirklich bewundernswert!»

«Herr im Himmel!» Er warf seine Serviette auf den Tisch. «Wo ist meine Frau? Meine glückliche, strahlende, liebende Ehefrau? Und wer ist diese Frau, die ich an ihrer Stelle hier vorfinde? Dieses misstrauische Elend? Diese verkniffene Person, die mir nichts als Vorhaltungen macht?»

«Aha, so siehst du mich also in Wirklichkeit!»

«Tja, oder bist du so geworden, jetzt, wo wir tatsächlich verheiratet sind?»

Wir starrten uns an. Das Schweigen dehnte sich aus, erfüllte den Raum. Dann brach draußen ein Kind lautstark in Tränen aus, und die Stimme seiner Mutter war zu hören, scheltend und tröstend.

Édouard fuhr sich mit der Hand übers Gesicht. Er atmete tief ein und starrte vor sich hin. Dann drehte er sich wieder zu mir um. «Du weißt, dass ich dich nicht so sehe. Du weißt, dass ich … Oh Sophie. Ich verstehe nicht, warum du so wütend bist. Ich verstehe nicht, was ich getan habe, um solch ein Verhalten zu verdienen …»

«Tja, warum erkundigst du dich nicht bei denen da?» Ich zeigte auf die Leinwände. Meine Stimme war kaum mehr als ein Schluchzen. «Wie kann eine provinzielle Verkäuferin wie ich auch glauben, dass sie irgendetwas von deinem Leben versteht?»

«Oh, du bist unmöglich», sagte er.

«Mit dir verheiratet zu sein, *das* ist unmöglich. Und ich fange an, mich zu fragen, warum du den Aufwand einer Hochzeit überhaupt betrieben hast.»

«Nun, Sophie, wenigstens mit dieser Frage stehst du nicht alleine da.»

Mein Ehemann fixierte mich mit seinem Blick, dann griff er seinen Mantel vom Bett, drehte sich um und ging aus der Tür.

Kapitel 5

Pont des Arts, 1998

Als er anruft, ist sie auf der Brücke. Sie weiß nicht, wie lange sie schon dort sitzt. Das Geländer ist kaum noch zu sehen vor lauter kleinen Vorhängeschlössern, die Verliebte mit ihren Initialen beschriftet haben, und auf der gesamten Länge der Brücke bücken sich Passanten, um auf den kleinen Metallschlössern die Buchstaben zu lesen, die mit wasserfestem Marker geschrieben wurden oder die vorausschauende Menschen haben eingravieren lassen. Touristen fotografieren sich gegenseitig und machen sich auf Schlösser aufmerksam, die sie besonders schön finden oder die sie gerade selbst ans Brückengitter gehängt haben.

Sie erinnert sich, dass ihr David von dieser Brücke erzählt hat, davon, wie Verliebte die Vorhängeschlösser an das Gitter hängen, sie abschließen und als Symbol ihrer immerwährenden Liebe den Schlüssel in die Seine werfen. Und davon, dass die Schlösser, die Mitarbeiter des Bauamtes von Zeit zu Zeit in mühevoller Kleinarbeit entfernen, innerhalb weniger Tage durch neue ersetzt werden,

wieder zum Zeichen immerwährender Liebe mit den Initialen von Pärchen beschriftet, die in zwei Jahren vielleicht noch zusammen sein werden, aber vielleicht auch auf verschiedene Kontinente gezogen sind, um nicht mehr dieselbe Luft atmen zu müssen. Er hat ihr auch erzählt, dass aus dem Flussbett unter der Brücke regelmäßig die Massen rostender Schlüsselchen herausgeschöpft werden müssen.

Jetzt sitzt sie auf ihrer Bank, versucht, die Vorhängeschlösser nicht zu genau zu betrachten, nicht über die Bedeutung hinter ihren einfachen, schimmernden Oberflächen nachzudenken. Sie will nicht wissen, was sie symbolisieren.

«Triff dich auf dem Pont des Arts mit mir», hat sie zu ihm gesagt. Sonst nichts. Vielleicht hatte ihre Stimme einen gewissen Beiklang gehabt.

«In zwanzig Minuten bin ich da», hat er geantwortet.

Sie sieht ihn aus der Richtung des Louvres kommen, das Blau seines Hemdes wird immer kräftiger, während er sich nähert. Er trägt eine khakifarbene Hose, und der Gedanke blitzt in ihr auf, wie sehr sie seinen Anblick liebt. Wie vertraut ihr seine Erscheinung ist, selbst nach so kurzer Zeit. Sie betrachtet sein weiches, zerzaustes Haar, den Schnitt seines Gesichts, seine etwas ungeduldige Art zu gehen, als wäre er immer schon darauf aus, ans nächste Ziel zu kommen. Und dann sieht sie, dass über seiner Schulter die Ledertasche hängt, in der er seine Planzeichnungen hat, und sie starrt die Tasche an.

Was habe ich nur getan?

Er lächelt nicht, als er auf die Brücke kommt, obwohl

klar ist, dass er sie gesehen hat. Er geht auf sie zu, verlangsamt seinen Schritt, dann stellt er die Tasche ab und setzt sich neben sie.

Einige Minuten lang sitzen sie schweigend so da und sehen den Ausflugsbooten mit Touristen zu, die übers Wasser gleiten.

Schließlich sagt Liv: «Ich kann das nicht.»

Sie schaut über den Lauf der Seine, sieht blinzelnd auf die Leute, die sich niederbeugen, um die Vorhängeschlösser zu betrachten.

«Ich glaube, wir haben einen schrecklichen Fehler gemacht. Ich habe einen Fehler gemacht.»

«Einen Fehler?»

«Ich weiß, dass ich impulsiv bin. Wir hätten alles ein bisschen langsamer angehen sollen. Wir hätten uns ... besser kennenlernen sollen. Also habe ich gedacht ... Wir hatten ja keine große Hochzeit. Nicht einmal alle unsere Freunde wissen es schon. Wir können einfach ... Wir können einfach so tun, als wäre es gar nicht passiert. Wir sind beide zu jung dafür.»

«Wovon redest du da, Liv?»

Sie sieht ihn an. «David ... mir ist all das gerade klargeworden, als du auf mich zugekommen bist ... Du hast deine Planzeichnungen mitgebracht.»

Er zuckt kaum merklich zusammen. Aber sie sieht es.

«Du wusstest, dass du dich mit den Goldsteins treffen würdest. Du hast die Tasche mit deinen Plänen gepackt, und du hast sie mit auf unsere Hochzeitsreise genommen.»

Er starrt auf seine Füße hinunter. «Ich wusste es nicht. Ich habe es gehofft.»

«Und das macht es besser?»

Schweigend sitzen sie nebeneinander. David beugt sich vor, faltet die Hände zwischen den Knien. Dann sieht er sie beunruhigt von der Seite her an. «Ich liebe dich, Liv. Liebst du mich denn nicht mehr?»

«Doch. Sehr sogar. Aber ich kann … ich kann das nicht. Ich kann nicht die Frau sein, zu der mich das hier macht.»

Er schüttelt den Kopf. «Ich verstehe es nicht. Das ist verrückt. Ich war doch nur für ein paar Stunden weg.»

«Es geht nicht um die paar Stunden. Das hier war unsere Hochzeitsreise. Sie ist ein Muster dafür, wie unser Zusammenleben laufen wird.»

«Wie kann eine Hochzeitsreise ein Muster für eine Beziehung sein? Meine Güte, die meisten Leute legen sich da zwei Wochen an den Strand. Glaubst du wirklich, so würde es für den Rest ihres Lebens laufen?»

«Dreh mir nicht das Wort im Mund herum! Du weißt, was ich meine. Das hier sollten die einzigen paar Tage sein, an denen du …»

«Es ist doch nur, weil dieses Gebäude …»

«Oh, dieses Gebäude. Dieses Gebäude. Dieses verdammte Gebäude. Es wird immer irgendein Gebäude geben, oder?»

«Nein. Das ist etwas Besonderes. Sie …»

«Sie wollen noch einen Termin mit dir.»

Er atmet aus und spannt den Kiefer an. «Es ist nicht direkt ein Termin», sagt er. «Es ist ein Mittagessen. Morgen. In einem der besten Restaurants von Paris. Und du bist auch eingeladen.»

Sie würde lachen, wenn sie den Tränen nicht so nahe

wäre. Als sie schließlich etwas sagt, klingt sie merkwürdig gefasst.

«Es tut mir leid, David. Ich gebe nicht einmal dir die Schuld daran. Es war mein eigener Fehler. Ich war so vernarrt in dich, dass ich nicht weitergedacht habe. Ich habe nicht daran gedacht, zu was es mich macht, wenn ich mit jemandem verheiratet bin, der so von seiner Arbeit in Anspruch genommen ist. Ich …»

«Zu was macht es dich denn? Ich liebe dich doch, Liv. Ich verstehe das nicht.»

Sie sitzt einen Moment nur da, dann reibt sie sich über die Augen. «Ich erkläre es auch nicht besonders gut. Also … komm mit. Ich will dir etwas zeigen.»

Es ist nur ein kurzer Weg zurück zum Musée d'Orsay. Die Schlange ist viel kürzer geworden, und innerhalb von zehn Minuten sind sie im Museum. Ihr ist sehr bewusst, dass sie ihn neben sich hat, ebenso wie dieses neue Unbehagen zwischen ihnen. Ein kleiner Teil von ihr kann immer noch nicht glauben, dass ihre Hochzeitsreise so endet.

Sie drückt auf den Fahrstuhlknopf, weiß dieses Mal, wohin sie gehen muss, und David folgt ihr. Sie durchqueren die Räume mit den Impressionisten im obersten Stockwerk und weichen den Besuchergruppen vor einzelnen Bildern aus. Liv denkt, wie paradox es ist, jetzt mit David hier zu sein, jetzt, wo es zu spät ist. Es ist alles zu spät. Heute Vormittag hat sie sich so gewünscht, ihn bei sich zu haben. Und dann sind sie dort, vor dem kleinen Bild.

Sie schaut es an, und er tritt einen Schritt näher.

«*Gattin, verstimmt*», liest er vor. «*Édouard Lefèvre.*»

Er betrachtet das Bild einen Moment lang, dann dreht er sich zu ihr um, wartet auf eine Erklärung.

«Also ... das habe ich heute Morgen gesehen ... diese unglückliche, vernachlässigte Ehefrau. Und es hat mich wie ein Schlag getroffen. So will ich nicht werden. Ich hatte plötzlich das Gefühl, dass unsere ganze Ehe so laufen wird ... ich, die deine Aufmerksamkeit will, und du, der sie mir nicht geben kann. Und das hat mir Angst gemacht.»

«So wird unsere Ehe überhaupt nicht laufen.»

«Ich will keine Frau sein, die sich ignoriert fühlt, sogar auf ihrer Hochzeitsreise.»

«Ich habe dich nicht ignoriert, Liv ...»

«Aber du hast mir das Gefühl vermittelt, unwichtig zu sein, und zwar ausgerechnet bei der Gelegenheit, bei der ich allen Grund hatte zu erwarten, dass du einfach unsere gemeinsame Zeit genießen willst, dass du einfach mit mir zusammen sein willst.» Ihre Stimme hebt sich, wird leidenschaftlich. «Ich wollte durch Paris bummeln, in kleinen Bars sitzen, mir ohne jeden Grund ein Glas Wein bestellen und mit dir Händchen halten. Ich wollte von dir hören, wie du warst, bevor wir uns kennengelernt haben, und was du für Pläne hattest. Ich wollte dir alles erzählen, was ich mir für unser gemeinsames Leben vorgestellt habe. Ich wollte viel Sex haben. *Sehr viel* Sex. Ich wollte nicht allein in Museen herumlaufen und mit Männern Kaffee trinken, die ich nicht mal kenne – nur um die Zeit totzuschlagen.»

Sie kann nicht anders, als Befriedigung zu empfinden, als er ruckartig den Blick abwendet.

«Und als ich vor diesem Bild stand, habe ich auf einmal alles verstanden. Das bin ich, David. Das wird aus mir. Das wird passieren. Weil du sogar jetzt noch nichts Falsches daran finden kannst, an zwei Tagen – *drei* Tagen – einer fünftägigen Hochzeitsreise vor ein paar reichen Geschäftsleuten eine Projektpräsentation abzuhalten.»

Sie schluckt. Ihre Stimme bricht.

«Es tut mir leid. Ich … diese Frau kann ich nicht sein. Ich kann es einfach nicht. Das war meine Mutter, und ich habe einen Horror davor, genauso zu werden.» Sie wischt sich über die Augen und senkt den Kopf, um neugierigen Blicken anderer Museumsbesucher auszuweichen.

David starrt das Bild an. Er schweigt lange. Dann wendet er sich zu ihr, und seine Miene ist angespannt.

«Okay, ich habe es verstanden.» Er fährt sich durchs Haar. «Und du hast recht. Mit allem. Ich war … ich war unglaublich dumm. Und egoistisch. Es tut mir leid.»

Sie verfallen in Schweigen, als ein deutsches Paar kurz vor dem Bild stehen bleibt und verlegen ein paar Worte wechselt, bevor es seinen Weg fortsetzt.

«Aber … aber was dieses Gemälde angeht, irrst du dich.»

Sie sieht zu ihm auf.

«Sie wird nicht ignoriert. Sie ist nicht symptomatisch für eine gescheiterte Beziehung.»

Er tritt näher vor das Bild und nimmt Liv sanft am Arm, während er auf das Gemälde deutet. «Sieh dir an, wie er sie gemalt hat, Liv. Er will nicht, dass sie sauer ist. Sie nimmt seinen Blick immer noch gefangen. Sieh dir seine behutsame Pinselführung an, die Art, wie er hier ihre Haut mit Farbe überhaucht hat. Er betet sie an. Er kann es nicht ertragen, wenn sie böse ist. Er kann den Blick nicht einmal dann von ihr abwenden, wenn sie wütend auf ihn ist.» Er unterbricht sich, atmet ein. «Er ist dort, und er wird nicht weggehen, ganz gleich, wie sehr er sie verärgert hat.»

Ihre Augen haben sich mit Tränen gefüllt. «Was meinst du damit?»

«Ich glaube nicht, dass dieses Gemälde das Ende unserer Ehe bedeuten kann.» Er streckt den Arm aus, nimmt ihre Hand und hält sie so lange, bis sich ihre Finger um seine entspannen. «Weil ich darin nämlich das Gegenteil von dem sehe, was du siehst. Ja, sie ist gerade unglücklich, in diesem einen Moment. Aber wenn ich die beiden anschaue, wenn ich das hier anschaue, Liv, dann sehe ich einfach ein Bild voller Liebe.»

Kapitel 6

1912

Schwacher Regen hatte eingesetzt, als ich kurz nach Mitternacht die Wohnung verließ, um durch die Straßen des Quartier latin zu streifen. Jetzt, Stunden später, war meine Pelzmütze vollkommen durchnässt, sodass mir die Tropfen hinten in den Kragen liefen, aber ich spürte sie kaum, so sehr war ich in meine Trübsal versunken.

Ein Teil von mir hatte auf Édouards Rückkehr warten wollen, aber ich konnte nicht zu Hause sitzen, nicht mit diesen Frauen, mit dieser Vorschau auf die zukünftige Untreue meines Mannes. Immer wieder sah ich seinen verletzten Blick vor mir, hörte seine wütende Stimme. «Wer ist diese verkniffene Person, die mir nichts als Vorhaltungen macht?» Er sah nicht länger das Beste in mir, und wer wollte ihm das verdenken? Er hatte mich als das erkannt, was ich, wie ich wusste, tatsächlich war: unbedarft, provinziell, eine unsichtbare Verkäuferin. Er hatte sich von einem Eifersuchtsanfall in die Ehe locken lassen, von seiner flüchtigen Überzeugung, er müsse sich meine

Liebe sichern. Nun bedauerte er seine Hast. Und ich selbst hatte sie ihm bewusst gemacht.

Ich überlegte kurz, ob ich einfach meinen Koffer packen und gehen sollte. Aber jedes Mal, wenn mir dieser Gedanke kam, lautete die Antwort sofort: Aber ich liebe ihn doch. Die Vorstellung, ohne ihn zu leben, war unerträglich. Wie hätte ich nach St. Péronne zurückkehren und das Dasein einer alten Jungfer führen können, wo ich doch jetzt wusste, was die Liebe war? Wie hätte ich den Gedanken ertragen können, dass er irgendwo anders wohnte, weit weg von mir? Sogar als er aus dem Atelier gestürmt war, hatte ich seine Abwesenheit gespürt wie einen körperlichen Schmerz. Mein Verlangen nach seiner körperlichen Nähe war immer noch überwältigend. Und ich konnte wohl kaum ein paar Wochen nach unserer Hochzeit einfach so wieder nach Hause zurückkehren.

Aber es gab ein Problem: Ich würde immer provinziell bleiben. Ich konnte mir meinen Ehemann nicht mit anderen teilen, wie es die Pariserinnen anscheinend taten, indem sie die Augen vor den Seitensprüngen ihrer Männer verschlossen. Wie konnte ich mit Édouard zusammenleben, wenn ich ständig mit der Möglichkeit rechnen musste, dass er mit dem Geruch einer anderen Frau am Körper nach Hause kam? Und auch wenn ich nicht sicher sein konnte, dass er mich betrogen hatte: Wie sollte ich damit umgehen, wenn ich beim Nachhausekommen Mimi Einsbacher oder sonst eine von diesen Frauen nackt auf unserem Bett vorfand, weil sie ihm gerade Modell saß? Was sollte ich dann tun? Einfach in ein Hinterzimmer verschwinden? Einen Spaziergang machen? Mich als Wachhund dazusetzen? Er würde mich hassen. Er würde in mir die Kerkermeisterin sehen, für die mich Mimi Einsbacher schon hielt.

Mir wurde klar, dass ich überhaupt nicht darüber nachgedacht hatte, was eine Ehe tatsächlich für uns bedeuten würde. Ich konnte nicht weiter denken als bis zu seiner Stimme, seinen Händen, seinen Küssen. Ich konnte nicht weiter denken als bis zu meiner eigenen Eitelkeit – so geblendet war ich von meiner Spiegelung auf seinen Gemälden und in seinen Augen.

Und jetzt war dieser Zauber verflogen, und dahinter kam ich zum Vorschein – eine Ehefrau; diese verkniffene Person, die ihm nichts als Vorwürfe machte. Und diese Version von mir gefiel mir ganz und gar nicht.

Ich ging kreuz und quer durch Paris, durch die ganze Rue de Rivoli, ziellos wanderte ich herum, achtete nicht auf die neugierigen Männerblicke, die Pfiffe der Betrunkenen, ich lief mir die Füße wund auf dem Kopfsteinpflaster, wandte den Blick von Passanten ab, damit sie meine Tränen nicht sahen. Ich trauerte um meine Ehe, die schon jetzt gescheitert war. Ich trauerte um den Édouard, der immer nur das Beste in mir gesehen hatte. Mir fehlte das intensive Glücksgefühl unseres Zusammenseins, das Gefühl, wir wären unzertrennlich und niemand auf der Welt könne uns etwas anhaben. Wie hatten wir so schnell an diesen Punkt kommen können? Ich war so in Gedanken versunken, dass ich kaum bemerkte, wie die Zeit verging.

«Madame Lefèvre?»

Ich drehte mich um, und eine Frau trat aus den Schatten. Als sie unter der flackernden Straßenlaterne stand, erkannte ich die *fille de rue*, die mir Édouard an dem Abend nach der Schlägerei in der Bar Tripoli vorgestellt hatte, und versuchte krampfhaft, mich an ihren Namen zu erinnern. Lily? Laure?

«Das ist keine Uhrzeit, zu der eine Dame hier unterwegs sein sollte, Madame», sagte sie und warf einen Blick die Straße hinauf.

Ich wusste nicht, was ich zu ihr sagen sollte. Ich war nicht einmal sicher, ob ich überhaupt sprechen konnte.

Er verkehrt mit den Straßenmädchen vom Pigalle.

«Ich hatte keine Ahnung, wie spät es ist.» Ich warf einen Blick auf eine Turmuhr. Viertel vor fünf. Ich war die ganze Nacht in der Stadt herumgelaufen.

Ihr Gesicht war in dem trüben Licht schwer zu erkennen, aber ich spürte, dass sie mich musterte. «Ist alles in Ordnung mit Ihnen?»

«Alles bestens. Danke.»

Sie sah mich weiter an. Dann trat sie einen Schritt vor und legte mir zart die Hand an den Ellbogen.

«Wissen Sie, ich glaube, das ist hier keine geeignete Gegend für eine verheiratete Frau, um allein unterwegs zu sein. Wollen Sie mir nicht auf ein Glas Gesellschaft leisten? Ich kenne eine gutgeheizte Bar ganz in der Nähe.»

Als ich zögerte, ließ sie meinen Arm los und zog sich einen winzigen Schritt zurück. «Aber wenn Sie andere Pläne haben, verstehe ich das vollkommen.»

«Nein. Es war sehr nett, das vorzuschlagen. Ich würde

nur allzu gern aus der Kälte herauskommen. Ich … ich glaube, bis gerade eben war mir gar nicht bewusst, wie durchgefroren ich bin.»

Schweigend gingen wir durch zwei Gassen und kamen schließlich an ein erleuchtetes Fenster. Ein Chinese trat von einer schweren Tür weg, um uns einzulassen, und sie wechselte ein paar leise Worte mit ihm. In der Bar war es warm, die Fenster waren beschlagen, und ein paar Männer saßen noch vor ihren Gläsern. Die meisten seien Droschkenfahrer, erklärte mir Laure LeComte, als sie mich in den hinteren Bereich der Bar dirigierte. Sie bestellte etwas am Tresen, und ich setzte mich an einen Tisch an der Wand. Ich zog mir das feuchte Cape von der Schulter. In dem kleinen Raum ging es laut und fröhlich zu; die Männer scharten sich um zwei Kartenspieler in einer Ecke. Ich sah mein Gesicht in dem Spiegel, der sich über die ganze Wand zog, blass und feucht, das Haar klebte an meinem Kopf. *Warum sollte er nur mich lieben?*, dachte ich, und dann versuchte ich, den Gedanken wieder zu verdrängen.

Ein ältlicher Kellner kam mit einem Tablett, und Laure reichte mir ein kleines Cognacglas. Jetzt, wo wir beisammensaßen, wusste ich überhaupt nicht, was ich ihr sagen sollte.

«Es war gut, dass wir gerade jetzt hierhergekommen sind, glaube ich», sagte sie und warf einen Blick zur Tür. Es hatte nun angefangen, richtig zu regnen; das Wasser schlängelte sich in Rinnsalen übers Trottoir und gluckerte durch die Gullys.

«Ich glaube auch.»

«Ist Monsieur Lefèvre zu Hause?»

Sie hatte die förmliche Anrede verwendet, obwohl sie ihn schon viel länger kannte als ich.

«Ich habe keine Ahnung.»

Ich nippte an meinem Glas. Der Cognac lief mir wie Feuer durch die Kehle. Und dann begann ich auf einmal zu reden. Vielleicht lag es an meiner Verzweiflung. Vielleicht lag es an dem Wissen, dass eine Frau wie Laure schon so viel schlechtes Benehmen erlebt hatte, dass sie nicht mehr schockieren konnte, was ich ihr zu sagen hatte. Trotzdem wusste ich nicht recht, ob sie zu den Frauen gehörte, die ich jetzt als Bedrohung ansehen musste.

«Ich hatte schlechte Laune. Da dachte ich, es wäre besser … einen Spaziergang zu machen.»

Sie nickte und erlaubte sich ein winziges Lächeln. Ihr Haar, fiel mir auf, war zu einem ordentlichen Knoten im Nacken hochgesteckt, sie sah mehr nach einer Lehrerin als nach einer Kokotte aus.

«Ich war nie verheiratet. Aber ich kann mir vorstellen, dass es das Leben vollkommen verändert.»

«Es ist schwer, sich darauf einzustellen. Ich dachte eigentlich, ich wäre gut für die Ehe geeignet. Aber jetzt … bin ich nicht mehr so sicher. Ich bin nicht sicher, ob ich die passende Veranlagung habe, um mit den Herausforderungen der Ehe umzugehen.» Noch während ich sprach, war ich von mir selbst überrascht. Ich gehörte nicht zu den Frauen, die Vertraulichkeiten ausplaudern. Der einzige Mensch, dem ich mich je anvertraut hatte, war meine Schwester, und jetzt, wo wir nicht mehr zusammenlebten, hatte ich im Grunde nur noch mit Édouard reden wollen.

«Sie halten Édouard für … herausfordernd?»

Ich sah jetzt, dass sie älter war, als ich zuerst gedacht hatte; der geschickte Einsatz von Rouge und Lippenstift verlieh ihr eine jugendliche Frische. Aber sie hatte etwas an sich, das einen dazu brachte, sich ihr offenbaren zu wollen; eine Art Versprechen, dass sie nichts von dem, was man ihr sagte, weitererzählen würde. Ich überlegte geistesabwesend, was sie an diesem Abend getan hatte, welche Geheimnisse sie wohl jeden Tag zu hören bekam.

«Ja. Nein. Eigentlich ist es nicht Édouard.» Ich konnte es nicht erklären. «Ich weiß auch nicht. Ich … es tut mir leid. Ich hätte Sie nicht mit meinen Gedanken belasten sollen.»

Sie bestellte uns einen zweiten Cognac. Und dann saß sie da und nippte an ihrem Glas, als überlege sie, wie viel sie sagen konnte. Schließlich beugte sie sich vor und begann, leise zu sprechen. «Es wird Sie nicht überraschen, Madame Lefèvre, dass ich mich als eine Art Expertin für die Gefühlswelt verheirateter Herren betrachte.»

Ich errötete leicht.

«Ich weiß nicht, was Sie heute Nacht hierher verschlagen hat, und ich glaube, dass kein Außenstehender wirklich beurteilen kann, wie es in der Ehe anderer zugeht. Aber eines kann ich Ihnen sagen: Édouard betet Sie an. Und das kann ich beurteilen, denn ich habe schon viele Männer erlebt und auch ein paar, die gerade in den Flitterwochen waren.»

Ich sah auf, und sie hob sarkastisch eine Augenbraue. «Ja, in den Flitterwochen. Bevor er Sie kennenlernte, hätte ich darauf gewettet, dass Édouard Lefèvre niemals heiratet. Dass es äußerst bequem für ihn wäre, so weiterzuleben wie bisher. Und dann hat er Sie kennengelernt. Und ohne jede Koketterie oder Falschheit haben Sie sein Herz gewonnen, seinen Verstand, und Sie haben ihn vollständig in Ihren Bann gezogen. Sie unterschätzen seine Gefühle für Sie, Madame Lefèvre.»

«Und die anderen Frauen? Über die soll ich hinwegsehen?»

«Andere Frauen?»

«Man hat mir erzählt … Édouard wäre nicht der Mann, der sich gern … festlegt.»

Laure sah mich unbewegt an. «Und welche Giftnatter hat Ihnen das erzählt?» Mein Gesichtsausdruck musste mich verraten haben. «Welchen Samen diese Ratgeberin auch immer gepflanzt hat, Madame Lefèvre, er scheint prächtig aufzugehen.»

Sie trank noch ein Schlückchen Cognac.

«Ich werde Ihnen jetzt etwas sagen, Madame, und ich hoffe, Sie nehmen es mir nicht übel, weil ich es wirklich gut meine.» Sie lehnte sich über den Tisch. «Ja, ich habe auch nicht geglaubt, dass Édouard für die Ehe bestimmt ist. Aber als ich Sie beide an dem Abend vor der Bar Tripoli getroffen und den Blick gesehen habe, mit dem er Sie angesehen hat, wie stolz er auf Sie war, wie zart er seine Hand auf Ihren Rücken gelegt hat, wie er bei nahezu allem, was er sagte, mit den Augen bei Ihnen Bestätigung gesucht hat, da wurde mir klar, dass Sie beide perfekt zusammenpassen. Und ich habe gesehen, dass er glücklich ist. Sehr glücklich.»

Ich saß schweigend da und hörte ihr zu.

«Und ich gebe zu, dass ich mich bei dieser Gelegenheit

geschämt habe, was bei mir eher selten vorkommt. Denn in den letzten Monaten, ein paarmal, als ich für Édouard Modell gesessen habe oder wenn wir uns vor einer Bar oder einem Restaurant begegnet sind, habe ich mich ihm angeboten. Gratis. Ich habe ihn schon immer schrecklich gemocht, wissen Sie. Und bei jeder Gelegenheit, seit er Sie kennengelernt hatte, lehnte er mit ungewöhnlichem Feingefühl, aber ohne jedes Zögern ab.»

Draußen hatte es unvermittelt aufgehört zu regnen. Ein Mann streckte seine Hand durch die Tür ins Freie und sagte etwas zu einem Freund, über das sie beide lachten. Laures Stimme war kaum mehr als ein Murmeln. «Die größte Gefahr für Ihre Ehe, wenn ich so frei sein darf, das zu sagen, ist nicht Ihr Ehemann. Die größte Gefahr besteht darin, dass die Worte dieser sogenannten Ratgeberin Sie in genau das verwandeln, was Sie – und Ihr Mann – fürchten.»

Laure trank ihr Glas leer. Dann legte sie sich ihr Tuch um die Schultern und stand auf. Sie überprüfte ihre Erscheinung im Spiegel, strich eine Locke glatt und schaute dann zum Fenster. «Et voilà – es hat aufgehört zu regnen. Ich glaube, heute könnte es schön werden. Gehen Sie nach Hause zu Ihrem Mann, Madame Lefèvre. Erfreuen Sie sich an Ihrem Glück. Seien Sie die Frau, die er anbetet.»

Sie lächelte mich kurz an. «Und suchen Sie sich Ihre Ratgeber in Zukunft sehr sorgfältig aus.»

Dann wechselte sie noch ein paar Worte mit dem Besitzer und ging aus der Bar in die feuchte, bläuliche Morgendämmerung. Ich saß da, verarbeitete, was sie mir erzählt hatte, und spürte schließlich, wie die Erschöpfung durch meinen Körper kroch, zusammen mit etwas anderem: einer großen, großen Erleichterung.

Ich rief den betagten Kellner, um die Rechnung zu bezahlen. Doch er informierte mich schulterzuckend, Madame Laure habe das schon geregelt, und kehrte an die Bar zurück, um weiter Gläser zu polieren.

Als ich die Treppe hinaufging, war es so ruhig in der Wohnung, dass ich dachte, Édouard müsse schlafen. Wenn er zu Hause war, sorgte er ständig für Geräusche, er sang, pfiff oder ließ das Grammophon so laut laufen, dass die Nachbarn ärgerlich an die Wand klopften. Die Spatzen zwitscherten in dem Efeu an der Fassade, und fernes Hufgeklapper auf dem Kopfsteinpflaster kündigte das langsame Erwachen der Stadt an, doch in der kleinen Wohnung in der Rue Soufflot 21a war es vollkommen still. Ich versuchte, nicht daran zu denken, wo er wohl gewesen war oder in welcher Stimmung. Ich zog meine Schuhe aus und huschte mit leisem Schritt die letzten Treppenstufen hinauf, stellte mir vor, wie ich zu ihm ins Bett schlüpfen und mich an ihn schmiegen würde. Ich würde ihm sagen, wie leid es mir tat, wie sehr ich ihn vergötterte, dass ich unglaublich dumm gewesen war. Ich wäre die Frau, die er geheiratet hatte.

In meinem Kopf summte es, so groß war mein Verlangen nach ihm. Leise öffnete ich die Tür, hatte schon das Bild vor Augen, wie er in unserem zerwühlten Bett lag und schläfrig das Laken hob, damit ich darunterschlüpfen konnte. Doch als ich hinsah, während ich den Mantel auszog, war das Bett leer.

Ich zögerte, ging am Bett vorbei und zum Hauptraum des Ateliers. Mit einem Mal war ich merkwürdig beunruhigt, wusste nicht, wie er mich empfangen würde.

«Édouard?», rief ich.

Keine Antwort.

Ich ging hinein. Das Atelier war nur schwach erhellt, die Kerzen waren seit meinem hastigen Aufbruch heruntergebrannt, durch das hohe Fenster fiel das kühle Blau des ersten Lichts. Die Kälte ließ ahnen, dass das Feuer schon vor Stunden ausgegangen war. Am Ende des Raums, neben den Leinwänden, stand Édouard in seinem Malerkittel und den weiten Hosen, mit dem Rücken zu mir, und schaute ein Bild auf der Staffelei an.

Ich stand an der Tür und betrachtete ein paar Momente lang meinen Mann – seinen breiten Rücken, sein dichtes, dunkles Haar –, bevor er mich bemerkte. Er drehte sich zu mir um, ich sah einen reservierten Ausdruck in seinen Augen aufblitzen – *Was kommt jetzt?* –, und das verletzte mich.

Ich ging auf ihn zu. Ich hatte mir auf dem gesamten Rückweg vom Pigalle vorgestellt, wie ich mich in seine Arme werfen würde. Ich hatte geglaubt, einfach nicht anders zu können. Aber jetzt, in dem stillen Raum, hielt mich etwas zurück. Ich blieb eine Handbreit entfernt vor ihm stehen, sah ihm immer noch in die Augen, und dann wanderte mein Blick zu der Staffelei.

Die Frau auf der Leinwand stand leicht nach vorn geneigt, ihre Miene drückte wortlosen Zorn aus, ihr rötliches Haar war lose im Nacken zusammengenommen, so wie ich es am Abend zuvor getragen hatte. Ihr Körper zeigte Anspannung, tiefsitzendes Unglück, ihre Weigerung, den Maler direkt anzusehen, wirkte wie ein schweigender Vorwurf. In meiner Kehle stieg ein Schluchzen auf.

«Es ist … perfekt», sagte ich, als ich sprechen konnte.

Er drehte sich zu mir um, und ich sah, dass er völlig erschöpft war, die Augen rot vor Schlafmangel oder vielleicht auch von etwas ganz anderem. Und ich wollte ihm die Traurigkeit aus dem Gesicht streicheln, meine Worte zurücknehmen, damit er wieder glücklich war. «Oh, ich war so dumm …», fing ich an. Doch er kam mir zuvor, indem er mich an sich zog.

«Verlass mich nicht wieder, Sophie», sagte er mir leise ins Ohr, und seine Stimme klang erstickt.

Wir schwiegen. Wir klammerten uns so fest aneinander, als wären wir Jahre getrennt gewesen, nicht nur ein paar Stunden.

Sein Atem an meiner Wange ging flatternd und unregelmäßig. «Ich musste dich malen, weil ich es nicht ertragen konnte, dass du nicht hier warst, und das war die einzige Art, auf die ich dich zurückbringen konnte.»

«Ich bin da», murmelte ich. Ich schob meine Finger in sein Haar, zog sein Gesicht an meines, atmete die Luft, die er geatmet hatte. «Ich werde dich nie mehr verlassen. Nie mehr.»

«Ich wollte dich malen, wie du bist. Aber alles, was herauskam, war diese wütende, unglückliche Sophie. Und ich konnte immer nur denken: *Das ist meine Schuld.*»

Ich schüttelte den Kopf. «Es war nicht deine Schuld, Édouard. Lass uns diese Nacht vergessen. Bitte.»

Er streckte die Hand aus und drehte die Staffelei weg.

«Dann werde ich dieses Bild nicht fertig malen. Ich will

es nicht einmal anschauen. Oh Sophie. Es tut mir leid. Es tut mir so leid ...»

Da küsste ich ihn. Ich küsste ihn und sorgte dafür, dass ihm mein Kuss klarmachte, wie sehr ich ihn aus tiefstem Herzen liebte, dass mein Leben vor ihm grau und farblos gewesen war und eine Zukunft ohne ihn beängstigend und schwarz. Ich machte ihm klar, dass ich ihn glühender liebte, als ich je geglaubt hatte, jemanden lieben zu können. Mein Mann. Mein schöner, komplizierter, talentierter Mann. Ich konnte diese Worte nicht aussprechen; meine Gefühle waren viel zu gewaltig für Worte.

«Komm», sagte ich schließlich, verschränkte meine Finger mit seinen und zog ihn zu unserem Bett.

Einige Zeit danach, als die Straße unten von den Geräuschen des späten Vormittags erfüllt war, die Obstverkäufer ihre Runde gedreht hatten und der Kaffeegeruch, der zu unserem offenen Fenster hereinzog, unwiderstehlich verlockend geworden war, schob ich mich von Édouard weg und aus dem Bett, während der Schweiß noch auf meinem Nacken trocknete und ich seinen Geschmack noch auf den Lippen hatte. Ich ging durch das Atelier, entzündete das Feuer, und als es brannte, stand ich auf und drehte die Leinwand um. Ich sah mir das Gemälde nun richtig an, die delikate Linienführung, die intime Wahrnehmung, die perfekte Darstellung von mir, von einem Augenblick. Und dann drehte ich mich zu Édouard um. «Du musst es zu Ende malen, weißt du?»

Er stützte sich auf einen Ellbogen und sah mich blinzelnd an.

«Aber … du siehst so unglücklich aus.»

«Vielleicht. Aber es zeigt die Wahrheit, Édouard. Du zeigst immer die Wahrheit. Das ist dein großes Talent.» Ich streckte mich, hob die Arme über den Kopf, genoss das Wissen, dass er mich dabei anschaute. «Und ehrlich gesagt, musste es irgendwann den Tag geben, an dem wir nicht gut aufeinander zu sprechen sind. Eine *lune de miel* kann nicht ewig dauern.»

«Doch», sagte er und wartete, bis ich über den nackten Dielenboden zu ihm zurückgetapst war. Er zog mich wieder ins Bett und sah mich dann von der anderen Seite des Kopfkissens aus an, ein klägliches Lächeln im Gesicht. «Unsere Flitterwochen können so lange dauern, wie wir wollen. Und als Herr des Hauses ordne ich hiermit an, dass jeder Tag unserer Ehe ein Flitterwochentag sein muss.»

«Ich muss mich dem Willen meines Ehegatten beugen», sagte ich seufzend und kuschelte mich an ihn. «Wir haben es versucht und herausgefunden, dass es uns nicht bekommt, unausstehlich und wütend zu sein. Daher muss auch ich unsere Ehe zur reinen Flitterwochenzeit erklären.»

Dann lagen wir in einvernehmlichem Schweigen im Bett, mein Bein über seines geschoben, die warme Haut seines Bauchs an meinem, sein Arm schwer auf meinen Rippen, wo er mich an sich drückte. Ich glaubte nicht, dass ich schon jemals so zufrieden war. Ich atmete den Geruch meines Mannes, spürte seinen Herzschlag an meinem Körper, und schließlich begann mich die Müdigkeit zu überwältigen. Ich bekam mit, wie ich einnickte, wie ich in eine wohlige Wärme und Behaglichkeit glitt, die von den

Ereignissen der letzten Stunden vielleicht noch gesteigert wurde.

«Sophie», murmelte er. «Wenn wir gerade so offen reden – ich muss dir etwas sagen.»

Ich öffnete ein Auge.

«Und ich hoffe, dass es deine Gefühle nicht verletzt.»

«Was ist es?» Meine Stimme war ein Flüstern. Mein Herz drohte stehenzubleiben.

Er zögerte einen Moment und nahm meine Hand in seine. «Ich weiß, dass du sie als Leckerbissen für mich gekauft hast. Aber ehrlich gesagt … ich mag Foie gras überhaupt nicht. Ich habe sie noch nie gemocht. Ich habe nur versucht, liebenswür…»

Er konnte seinen Satz nicht beenden. Weil ich ihm den Mund mit meinem verschloss.

Kapitel 7

1998

Ich fasse es nicht, dass du mich von deiner Hochzeitsreise aus anrufst.»

«Ja, na ja, David ist unten in der Lobby und regelt irgendwas. Ich habe einfach gedacht, der Tag heute wird noch perfekter, wenn ich zwei Minuten mit dir plaudern kann.»

Jasmine schirmt das Telefon mit der Hand ab. «Ich nehme dich mit aufs Klo, damit mich Besley nicht sieht. Warte kurz.» Das Geräusch einer Tür, die zugezogen wird, dann eilige Schritte. Ich sah auf einmal das enge Büro über dem Schreibwarenladen vor mir, den dichten Verkehr, der sich die Finchley Road hinaufschob, roch die Benzindämpfe in der schwülen Sommerluft. «Red weiter. Erzähl mir alles. In ungefähr zwanzig Sekunden. Hast du schon einen Gang wie John Wayne? Und erlebst du gerade die traumhaftesten Tage aller Zeiten?»

Ich ließ meinen Blick durch das Hotelzimmer wandern, über das ungemachte Bett, aus dem David gerade aufgestanden war, über die Koffer, die auf dem Boden standen, weil ich halbherzig angefangen hatte zu packen. «Es ... war ein bisschen komisch. Sich daran zu gewöhnen, tatsächlich verheiratet zu sein. Aber ich bin unheimlich glücklich.»

«Würg! Ich bin dermaßen neidisch. Gestern Abend war ich mit Shaun Jeffries weg. Weißt du noch? Fis Bruder? Mit den schrecklichen Fingernägeln? Ich habe keine Ahnung, warum ich zugesagt habe. Er hat ununterbrochen über sich selbst geredet. Anscheinend wollte er mich damit beeindrucken, dass er eine Maisonettewohnung in Friern Barnet hat.»

«Das ist doch ein tolles Viertel. Und voll im Trend.»

«Und in der Wohnung stecken unheimlich viele Möglichkeiten.»

Ich kicherte. «Es ist wichtig, sich irgendwann die erste Eigentumswohnung zuzulegen.»

«Besonders in unserem Alter. Mit Betongold kann man nichts falsch machen.»

«Er kriegt später Rente. Los. Erzähl mir, dass er Rente kriegt.»

«Auf jeden Fall kriegt er Rente. Und zwar inflationsangepasst. Und er hat graue Schuhe getragen und darauf bestanden, die Rechnung zu teilen, und er hat die billigste Flasche Wein auf der Karte bestellt, ‹weil nach dem ersten Glas sowieso alles gleich schmeckt›. Ich brauche unbedingt einen Drink. Partnersuche ist Mist. Du hast genau das Richtige gemacht.»

Ich legte mich zurück ins Bett und sah zur Decke hinauf, die weiß war und so kunstvoll verziert wie eine Hochzeitstorte.

«Echt? Obwohl ich total impulsiv bin und man meinen Spontanentschlüssen nicht trauen kann?»

«Ja! Ich wünschte, ich wäre impulsiver. Dann hätte ich Andrew geheiratet, als er mich gefragt hat, und würde jetzt vermutlich in Spanien wohnen, statt hier in diesem Büro festzusitzen und mich um zwanzig vor fünf zu fragen, ob ich mich rausschleichen kann, um schnell meine Kfz-Steuer zu regeln. Egal … oh, ich muss Schluss machen. Gerade ist Besley reingekommen.» Sie hebt die Stimme und sagt mit geändertem Tonfall: «Aber natürlich, Mrs. Halston. Vielen Dank für Ihren Anruf. Wir hören bestimmt bald wieder voneinander.»

Liv beendet das Gespräch, kurz bevor David zurückkommt. Er hat eine Pralinenschachtel von Patrick Roger in der Hand.

«Was ist das?»

«Abendessen. Der Zimmerservice bringt gleich noch eine Flasche Champagner, damit wir was zum Runterspülen haben.»

Sie lacht entzückt auf und fängt an, das Einwickelpapier von der wunderschönen, blasstürkisfarbenen Schachtel zu ziehen, steckt eine Praline in den Mund und schließt die Augen. «Oh mein Gott, schmecken die gut. Wenn ich die und das Luxus-Mittagessen morgen intus habe, muss ich mir neue Hosen kaufen.»

«Ich habe das Mittagessen abgesagt.»

Liv sieht auf. «Aber du hast doch gesagt …»

David zuckt mit den Achseln. «Nein. Du hattest recht. Keine Arbeit mehr. Manche Sachen sollten heilig sein.»

Sie steckt noch eine Praline in den Mund und hält ihm

die Schachtel hin. «Oh David … ich fange an zu denken, dass ich überreagiert habe.» Der Nachmittag mit dem hitzigen Gefühlsausbruch scheint eine Ewigkeit zurückzuliegen. Sie hat das Gefühl, als wären sie seitdem schon ein Leben lang verheiratet.

Er zieht das Hemd aus. «Das hast du nicht. Du hattest jedes Recht, auf unserer Hochzeitsreise meine volle Aufmerksamkeit zu erwarten. Es tut mir leid. Ich schätze … ich schätze, ich muss mich an den Gedanken gewöhnen, dass wir jetzt zu zweit sind und es nicht mehr nur einfach mich gibt.»

Und da ist er wieder. Der Mann, in den sie sich verliebt hat. *Mein Ehemann*. Plötzlich brennt sie vor Lust.

Er setzt sich neben sie aufs Bett, und sie gleitet zu ihm hinüber, während er weiterspricht. «Und willst du das Dümmste hören? Ich habe von unten aus die Goldsteins angerufen, mir ein Herz gefasst und erklärt, dass es mir sehr leidtut, aber dass ich mir diese Woche keine Zeit mehr nehmen kann, weil ich eigentlich auf Hochzeitsreise bin.»

«Und …»

«Und sie waren total wütend auf mich.»

Die nächste Praline bleibt auf halbem Weg zu ihrem Mund in der Luft stehen. Ihre gute Laune ist schlagartig verschwunden. «Oh nein … das tut mir leid …»

«Echt, so richtig, ernsthaft wütend. Sie haben mich gefragt, was um alles in der Welt ich mir dabei gedacht habe, meine frischgebackene Ehefrau allein zu lassen, um übers Geschäft zu reden. ‹Das ist verdammt noch mal keine Art, eine Ehe anzufangen.› Zitatende.»

Er grinst sie von der Seite her an. «Mir waren die Goldsteins schon immer sehr sympathisch», behauptet sie und schiebt ihm die Praline in den Mund.

«Sie haben gesagt, das ist ein einmaliges Ereignis, eine Zeit in unserem Leben, die ich nie zurückholen kann.»

«Womöglich liebe ich sie sogar.»

«In einer Minute liebst du sie noch mehr.» Er steht auf und öffnet die Tür zum französischen Balkon. Strahlend fällt die Abendsonne in den Raum, während von der Rue des Francs-Bourgeois, auf der es von Touristen und späten Einkäufern wimmelt, Straßengeräusche nach oben dringen. Er zieht Schuhe und Socken und Hosen aus, setzt sich wieder aufs Bett und sieht sie an. «Sie haben gesagt, sie fühlen sich mitverantwortlich dafür, mich von dir weggelockt zu haben. Also haben sie uns ab morgen ihre Suite im Royal Monceau angeboten, um es bei dir wiedergutzumachen. Zimmerservice, Badezimmer, so groß wie ein Ozeandampfer, und aus den Wasserhähnen kommt Champagner. Man hat also überhaupt keinen Grund, vor die Tür zu gehen. Für zwei Nächte. Es hat unten deswegen so lange gedauert, weil ich mir die Freiheit als Ehemann genommen habe, unseren Rückflug umzubuchen. Was sagst du dazu?»

Er sieht Liv an, und selbst jetzt liegt noch ein Hauch Unsicherheit in seinem Blick. «Allerdings müsstest du in Kauf nehmen, weitere achtundvierzig Stunden mit einem Mann zu verbringen, der nach Ansicht der netten Milliardäre aus unserer Bekanntschaft ein hirnverbrannter Idiot ist.»

Sie sieht ihn an. «Hirnverbrannte Idioten sind meine absoluten Lieblingsehemänner.»

«Ich habe so gehofft, dass du das sagst.»

Sie lassen sich in die Kissen fallen und liegen händchenhaltend nebeneinander.

Sie schaut durchs Fenster auf die Stadt der Lichter und stellt fest, dass sie lächelt. Sie ist verheiratet. Sie ist in Paris. Morgen wird sie mit dem Mann, den sie liebt, in einem Kingsize-Bett verschwinden und vermutlich erst nach zwei Tagen wieder daraus auftauchen. Besser kann das Leben vermutlich nicht mehr werden.

Aber sie hofft es trotzdem.

«Ich kriege das hin, Mrs. Halston», murmelt er, dreht sich zu ihr um und legt ihre Finger an seine Lippen. «Es könnte sein, dass ich eine Weile brauche, bis ich das mit dem Eheding im Griff habe, aber irgendwann schaffe ich es.» Er hat zwei Sommersprossen auf der Nase. Sie sind ihr noch nie aufgefallen. Es sind die schönsten Sommersprossen, die sie je gesehen hat.

«In Ordnung, Mr. Halston», sagt sie und stellt die Pralinenschachtel vorsichtig auf den Nachttisch, damit ihr nichts passieren kann. «Wir haben alle Zeit der Welt.»

Jojo Moyes bei Rowohlt Polaris und rororo

DIe Tage in Paris

Ein Bild von dir

Ein ganzes halbes Jahr

Eine Handvoll Worte

Weit weg und ganz nah

FSC
www.fsc.org
MIX
Papier aus verantwortungsvollen Quellen
FSC® C014496

Das für dieses Buch verwendete Papier ist FSC®-zertifiziert.